Coleção MELHORES CRÔNICAS

Euclides da Cunha

Direção Edla van Steen

Coleção MELHORES CRÔNICAS

Euclides da Cunha

Seleção e prefácio
Marco Lucchesi

São Paulo
2011

© Global Editora, 2011
1ª edição, Global Editora, São Paulo 2011

Diretor-Editorial
JEFFERSON L. ALVES

Gerente de Produção
FLÁVIO SAMUEL

Coordenadora-Editorial
DIDA BESSANA

Assistente-Editorial
TATIANA F. SOUZA

Revisão
IARA ARAKAKI
TATIANA F. SOUZA

Imagem superior de capa
CANUDOS. WIKIMEDIA COMMONS. AUTOR DESCONHECIDO.
FIM DO SÉC. XIX

Imagem inferior de capa
ARQUIVO HISTÓRICO DO MUSEU DA REPÚBLICA

Projeto de Capa
VICTOR BURTON

Editoração Eletrônica
TATHIANA A. INOCÊNCIO

Dados Internacionais de Catalogação na Publicação (CIP)
(Câmara Brasileira do Livro, SP, Brasil)

Cunha, Euclides da, 1866-1909.
  Melhores crônicas Euclides da Cunha / seleção e prefácio Marco Lucchesi. – São Paulo : Global, 2011 – (Coleção melhores crônicas / direção Edla Van Steen).

  Bibliografia.
  ISBN 978-85-260-1552-4

  1. Crônicas brasileiras. I. Lucchesi, Marco. II. Steen, Edla Van. III. Título. IV. Série.

10-13778   CDD-869.93

Índices para catálogo sistemático:

1. Crônicas : Literatura brasileira   869.93

Direitos Reservados

**GLOBAL EDITORA E
DISTRIBUIDORA LTDA.**

Rua Pirapitingui, 111 – Liberdade
CEP 01508-020 – São Paulo – SP
Tel.: (11) 3277-7999 – Fax: (11) 3277-8141
e-mail: global@globaleditora.com.br
www.globaleditora.com.br

Obra atualizada conforme o **Novo Acordo Ortográfico da Língua Portuguesa**

Colabore com a produção científica e cultural.
Proibida a reprodução total ou parcial desta obra
sem a autorização dos editores.

Nº de Catálogo: **3240**

Coleção MELHORES CRÔNICAS

Euclides da Cunha

APRESENTAÇÃO

A obra de Euclides da Cunha é fruto de múltiplas camadas, que se alternam e se deslocam, centradas numa intensa dinâmica, disposta a criar uma atmosfera ambivalente, em que a ideia de gênero literário permanece bastante mitigada, senão de todo comprometida. A crítica não teve dificuldade em reconhecer, por exemplo, o primado da poesia em *Os sertões*, no estouro da boiada, na paisagem circundante, nas metáforas vigorosas para descrever o Brasil profundo, cujo processo Euclides elaborou mediante um sem-número de analogias para o homem e a terra. Some-se a isso a presença do ensaio, na Guerra de Canudos, o exame analítico do meio ambiente, dos povos e da História, segundo a ciência do tempo, tornada maleável, aberta, movida por uma dicção emocionada. Foi o que fez, por exemplo, no ensaio que dedicou a Castro Alves, comparando o infinito da matemática ao da poesia, de cujas páginas extraímos aquele sentimento-ideia, a que acabamos de aludir.

Tudo que surge desse universo parece encarnar uma razão impura, mista ou ambígua, varada por um admirável rigor, a ponto de potencializar o contraste dos gêneros, sob a centelha de contrastes arrebatadores. Essa contínua mudança de registros é uma das marcas de nosso autor, mas de tal modo estranha e harmoniosa, como se formasse um amálgama, diante do qual a tentativa de classificar as formas literárias, separando-as, não passaria de frívolo exercício de vivisseção. Sem resultados outros, que não os de um cartesianismo flébil, em que se põe a perder a sinergia de sua obra. Podemos dizer o mesmo das crônicas. A intensa atividade jornalística marcou parte de seu *modus explicandi*. E produziu um bom número de peças, literariamente bífidas, em que a razão impura de todo se desvela e atinge aspectos de ordem política e econômica, escritos de viagem, anotações diversas, que raiam o poético, mas sempre de maneira furtiva, no ritmo que impõe ao fraseado, nos cortes luminosos e na dissonância das entrelinhas.

Boa parte das crônicas tem o Brasil como centro e destino, paixão e refúgio, a partir de uma instância reflexiva, que busca acercar-se quanto possível do país, com interpretações que parecem atingi-lo em cheio. Observar este Euclides menos frequentado é uma tentativa de recuperar-lhe a instância polifônica, mais integrada ao sistema de sua alta biodiversidade.

Da parte da crítica, houve uma certa disposição, algo persistente, que tendia a interpretar *Os sertões* como um conjunto exclusivo, evitando-lhe os subconjuntos, considerados imperfeitos, ou, quando muito, subsidiários, satélites de uma prosa singular. Intérpretes contemporâneos vêm realizando uma espécie de leitura transversal de Euclides, suprimindo-lhe os abismos com que eram vistos e separados os seus textos. Tal aproximação vem criando situações novas, senão exuberantes, em que se inaugura uma terceira via, não exclusivamente apoiada na escolha hamletiana entre *Os sertões* ou *À margem da história*.

Seria longo e desnecessário apontar aqui a gênese desse processo, de que ressaltam os trabalhos recentes de Walnice Galvão, Bernucci, Hardman, Zilly, bem como a aproximação criativa de Haroldo de Campos com a poesia euclidiana, fora do território canônico usual, a partir da pulsação de sua prosa.

Ao realizar a presente antologia, decidimo-nos por uma visão oblíqua das crônicas, começando de um parâmetro formal bem definido para seguir outras partes de sua obra, na intenção de fragmentá-las e de sublinhar parte de seu movimento originário, apontando-se para o fluxo das crônicas, para além do gênero, a demonstrar como tal modalidade permeia, ao fim e ao cabo, toda a sua reflexão, motivada pelo aqui e agora, pelo presente difuso, a partir do qual a História e a Geografia – mas não apenas estas – se encarregam, como baixo-contínuo, de preencher os espaços abertos do *staccato* das camadas que lhe atravessam a pauta do presente.

Assim, quem busca a poesia de Euclides poderá partir de seus versos mas deverá alcançá-la em plenitude na prosa. A poesia viceja ao longo de inúmeros fragmentos dos ensaios e de *Os sertões*. Euclides pensa o presente, vive o presente, mistura-se com o presente, porque sabe que dentro dele nos movemos, agimos e estamos.

Não sendo bastante explicar o presente em si mesmo – o que significa para nosso autor uma abominável tautologia – Euclides elabora novas chaves temporais, novos recortes geográficos, para voltar, mais uma vez, ao presente, do qual não podia se afastar um milímetro sequer, tão vivo e dramático, tão profundo e lancinante se lhe revela. A crônica euclidiana surge dessa demanda vibrátil e irreversível, misturada com o ensaio e a poesia, onde se espraia uma incessante releitura do Brasil.

Marco Lucchesi

EM VIAGEM
(FOLHETIM)

*M*eus colegas:
Escrevo-os às pressas, desordenadamente...
Guiam-me a pena as impressões fugitivas das multicores e variegadas telas de uma natureza esplêndida que o *tramway* me deixa presenciar de relance quase.

É majestoso o que nos rodeia – no seio dos espaços palpita coruscante o grande motor da vida; envolta na clâmide cintilante do dia, a natureza ergue-se brilhante e sonora numa expansão sublime de canções, auroras e perfumes... A primavera cinge, no seio azul da mata, um colar de flores e o sol oblíquo, cálido, num beijo ígneo, acende na fronte granítica das cordilheiras uma auréola de lampejos... por toda a parte a vida...; contudo uma ideia triste nubla-me este quadro grandioso – lançando para a frente o olhar, avisto ali, curva sinistra, entre o claro azul da floresta, a linha da locomotiva, como uma ruga fatal na fronte da natureza...

Uma ruga, sim!... Ah! Tachem-me muito embora de antiprogressista e anticivilizador; mas clamarei sempre e sempre: – o progresso envelhece a natureza, cada linha do trem de ferro é uma ruga e longe não vem o tempo em que ela, sem seiva, minada, morrerá! E a humanidade, não será dos céus que há de partir o grande "Basta" (botem *b* grande) que ponha fim a essa comédia lacrimosa a que chamam vida; mas sim de Londres; não finar-se-á o mundo ao rolar a última lágrima e sim ao queimar-se o último pedaço de carvão de pedra....

Tudo isto me revolta, me revolta vendo a cidade dominar a floresta, a sarjeta dominar a flor!

Mas... eis-me enredado em digressões inúteis... Basta de "filosofias"!...

O meu cargo de correspondente (?) ordena-me que escreva, de modo a fazer rir (!)... ter espírito!... Ter espírito! eis o meu impossível: trago *in mente* (deixem passar o latim) o ser mais desenxabido que uma missa (perdoai-me, ó padres!)...

O Democrata, 4 abr. 1884

CRÍTICOS

Sejamos francos.

A maioria de nossos críticos se caracteriza por uma deplorável infecundidade; constituem – no mais das vezes, meia dúzia de literatos descrentes e aborrecidos – indivíduos cuja preocupação única é esconder uma profunda esterilidade mental, nas criações estranhas.

Para conhecê-la e ter o desassombro de erguê-la aqui – não me foi preciso interrogar aos mestres no assunto – nem alentar o espírito nas páginas preciosas de Mirecourt ou Sainte Beuve; bastaram-me uma rápida observação e um pequeno impulso de meu temperamento.

De fato, vi-os por aí respingando – inconscientes e irrequietos – animados de um grande desejo de fazer mal; aderindo aos grandes monumentos emanados do espírito dos pensadores reais e procurando arrebatar às frontes obscuras os brilhos que delas irradiam; vi-os, arrancando a inteligência do estreito círculo de seus estreitos ideais e procurando injetar-lhe a fortaleza e vida, ora amplificando-a no céu ideal de uma tela, ora fazendo-a respirar sob a atmosfera luminosa de um poema.

Vi-os muita vez estabelecerem o combate estúpido do escândalo em torno das vocações reais e insuflarem jogralmente poetas de uma boçalidade africana.

E tenho-os visto em todas as posições.

Tenho-os visto animados de um grande fanatismo pela *realidade,* tristemente ridículos, lacrimalmente desfrutáveis, procurando o que há de mais hediondo e nojento nas belíssimas páginas de E. Zola, o que há de mais impuro nos brilhantes capítulos de Eça de Queirós e o que há de mais horrivelmente extravagante nas poesias desse capadócio inteligente e poeta como poucos – Richepin.

A Bíblia dessa gente é *O primo Basílio*.

Quereis matá-los à míngua de ar e de luz?...

Envolvei-os na límpida cintilação de uma página de Lamartine; lançai-lhes às frontes os brilhos de um grande sonho de Goethe, recitai-lhes um alexandrino brilhante de Victor Hugo. Para essa gente, a síntese suprema da realidade é a lama...

Uma campina florente, envolta na clâmide cintilante de um sol de primavera a transbordar de aromas e cheia da música selvagem e estranhamente harmoniosa da natureza, é um sonho...

Um beco, obscurecido e lamacento, onde a luz amortecida de um lampião imprestável esvai-se afogada pelas sombras e cheio das risadas histéricas das prostitutas, é um fato!...

A verdade para eles está em tudo que é informe e truncado e imundo...

Vai a escória das coisas às grandes ruínas morais, dos canos de esgoto às almas dos bêbados.

Fora disso, o sonho, a ficção...

Mas deixemo-los; voltemo-nos aos que ocupam o extremo oposto.

São talvez os piores, se os precedentes, brutalmente pessimistas, só veem a verdade no mal, esses, abroquelados em um misticismo anacrônico entendem que ela só deve existir no que é belo e no que é puro.

Escandalizam-se ingenuamente, se o escritor, impelido pela lógica mesmo dos fatos, é às vezes obrigado a descobrir um quadro mais livre que muitas vezes surge entre outra coisa elevada; não compreendem, não sabem ou não querem saber que o mal é mais natural do que o bem, necessário à virtude, porque a virtude mais do que em praticar racionalmente o bem, consiste em racionalmente reagir contra o mal.

Esses indivíduos pertencem à classe problemática dos puros, dos homens que coram sob os fios da barba ante uma ascensão mais exagerada da perna de uma bailarina e querem fazer acreditar aos mais que tudo quanto na natureza brilha, canta, agita-se, vive enfim, reflete-se-lhes no cérebro de uma maneira imaculada e casta.

Para eles tudo quanto Zola escreve não presta; tudo quanto E. Queirós faz em Portugal não presta; tudo quanto A. Azevedo faz no Brasil não presta; e isso de um modo categórico, firme e absoluto – não presta...

Todos eles entendem que é mau todo o escritor que não escreve como eles pensam, todo poeta que não canta como eles sentem.

Fazem a crítica do meio de todas as suas inclinações, de todas as suas tendências individuais, e se o livro com elas não se harmoniza, repelem-no, brutal e inconscientemente.

Os místicos ruborizam-se de pronto, fogem apavorados à sedução perigosa dos olhos de Naná e amaldiçoam a pena que, como um escalpelo amestrado, tão bem pintou-lhes a decomposição medonha daquele corpo admirável de mulher, e, no entanto, bem sabem que a fôrma onde elas se fazem ainda não foi quebrada e bem podem ainda vê-las, brilhando na Rua do Ouvidor, estiolando na temperatura febril dos salões e decompondo-se nos hospitais.

Bem sabem que o maior caiporismo de Zola é ter inspirado um fanatismo desenfreado a uma série de mentecaptos; bem sabem que ele é simplesmente um burguês de talento que gosta de dizer a verdade, das coisas tristes desta vida, mas que é, certamente, o primeiro a proibir que sirvam-se de livros como elementos para uma indução horrível.

Os *realistas* fecham os olhos, aterrados às grandes produções da cabeça olímpica de V. Hugo; João Valjean, por exemplo, é um espantalho, um parto monstruoso de um temperamento enormemente enfermo; um manequim estranho animado por uma alucinação, por um sonho de poeta, e inteiramente isolado das leis naturais...

E no entanto, meditando, esses deviam crer que se esse monstro sublime nunca existiu, pode e deve existir...

Eu acho-me no início da vida, nunca me foi necessário, num instante de angústia suprema, fazer um supremo apelo às energias de minha vitalidade; nunca me achei nesses movimentos, aliás comuns, em que se tem de fazer uma coisa horrível, meditar chorando, levantar a luz do cérebro para espancar, aniilar uma sombra no coração, apelar para a rigidez fria da razão, ter necessidade da calma, com o sangue a ebulir nas veias, o coração a estuar doloridamente e a vida combalida, oscilando, num desequilíbrio cruel de todo o sistema nervoso. A existência ainda é para mim uma quimera dourada e fascinante que eu guardo com um ciúme alucinado de avaro; faço da dor um brinquedo; e fantasio-me de descrente, por desfrute.

Pois bem, eu que ainda não sei até onde pode subir a energia de um caráter, eu que não sei até que ponto pode ser heroica a virtude, eu, por honra minha, creio ser João Valjean, um personagem real, creio naquela esplêndida e deslumbrante evolução de um caráter; creio sinceramente naquela ascensão progressiva de uma alma...

Suponho ter claramente definido a minha posição ante essa gente, cujo fim é definir a dos outros.

E meu fim aqui é reagir contra a invasão dos analfabetos da arte e que tentem tudo destruir, animados da triste coragem da ignorância; é dizer-lhes que na página de um livro se reflete toda a alma de um prosador, como todas as suas ilusões, toda a sua sensibilidade e toda a sua delicadeza e que portanto atacá-lo irrefletidamente, às cegas, sobre ser estúpido é criminoso; é dizer-lhes que a par de muita coisa feia há muita coisa bonita e que a própria existência

humana emerge da reação contínua dos contrastes; é dizer-lhes que o fanatismo é o único sintoma de vida dos imbecis e que tão boçal é o indivíduo genuflexo ante Zola, como um adorador *enragé* de Lamartine...
Tratem de andar pelo meio.
Leiam a *Graziella* e digam: sublime, leiam O *homem* e digam: admirável...
O mal através de um temperamento benfeito pode ser belo e o bem visto através de outro, pode ser medonho.
Não critiquem, animados de suas tendências, brutalmente absolutas, porque isso justifica e requer mesmo uma reação – a bengala!...
É o que farei se tiver a desgraça de ser escritor, um dia.
Podia, no correr desse artigo, citar muitos nomes; não o fiz para generalizar o mais possível a verdade e elevar a discussão, fora das páginas da *Revista,* porém, em qualquer outro campo, particularizá-la-ei.

Revista da Família da Acadêmica da Escola Militar, Rio de Janeiro, 1888

HERÓIS DE ONTEM

Afastemo-nos um instante da harmonia festiva que circunda os vencedores do presente e concentremo-nos, recordando os nomes dos combatentes do passado.
Nunca se nos impôs tanto esta necessidade; na transição que sofre a nossa pátria rapidamente nivelada a toda a deslumbrante grandeza do século atual, pela realização de sua reforma liberal; nesse instante supremo de nossa história, em que se inicia a unificação de todos os direitos, a harmonia de todas as esperanças e a convergência de todas as atividades; hoje, que os nossos ideais são, de fato, os verdadeiros e os únicos materiais para a prodigiosa construção da civilização da pátria – nós, os operários do futuro, e que devemos em breve – atirar na ação toda a fortaleza de nossa vitalidade – todos os brilhos de nosso espírito – todas as energias de nosso caráter, não devemos olvidar os heróis de ontem, de cujas almas partiu o movimento inicial desta deslumbrante ascensão, dessa soberana elevação moral...
Olvidá-los, mais do que uma ingratidão, seria um erro, seria desconhecer que os grandes ideais dessas frontes olímpicas disseminam-se por todos os corações, difundem-se em todos os cérebros, e levados pela tradição, presos nos elos inquebráveis da solidariedade humana, revivem, continuamente crescentes – no seio das sociedades.
A luz – a grande luz imaculada e sublime que circunda a data mais gloriosa de nossa história e traça – irradiando

para o futuro – o itinerário da nossa nacionalidade, não defluiu da mentalidade dos brilhantes patriotas do presente; veio de longe, cintilou no seio de muitas gerações e as frontes dos pensadores de hoje foram apenas as lentes ideais que a refrataram – aumentada – sobre a sociedade.

E isso – somente isso – explica o ter sido tão calma uma transformação tão radical e que tão profundamente alterou o nosso organismo social; em geral – a história o diz – esses grandes males cedem somente aos cáusticos tremendos da revolução, desaparecem somente quando afogados pela brutalidade – algumas vezes benéfica – das paixões indomináveis do povo e mui recentemente ainda, na América do Norte, para poder aniquilá-los, o brilho do pensamento de Lincoln aliou-se à cintilação da espada de Ulysses Grant....

Entre nós porém – não deu-se uma revolução – operou-se uma evolução.

Não houve um abalo – porque respeitou-se uma lei.

Particularizam-se alguns termos na fórmula geral do progresso, por isto esta reconstrução não necessitou de uma destruição anterior e por sobre toda esta enorme transformação paira, deslumbrante, retilínea e firme a lógica inabalável da história.

E de tudo isto nos são credores os grandes filhos da pátria – animados hoje da existência imortal da história, e por isso é bem natural que remontando-nos ao passado, procuremos nas inscrições dos seus túmulos imaculados – a senha do futuro!

Recordemo-nos pois das almas soberanas onde se germinou essa generosa ideia da liberdade, que após elevar todas as frontes, imergiu em nossa civilização – tendo como último ponto de apoio a sua força desmesurada – um coração de princesa!...

José Bonifácio, Eusébio de Queirós, Paranhos – sintetizam admiravelmente todos os pensadores que melhor emprestaram-lhe energia e brilho; Ferreira de Meneses, Tavares Bastos e Luís Gama – definem perfeitamente os grandes corações, bastante grandes para conterem as dores cruciantes de muitas gerações e párias; Gonçalves Dias, Castro Alves e Varela – foram os brilhantes educadores de nossos corações que se engrandeceram dilatados pelo calor ideal emanado dos brilhos de suas estrofes imortais...

Ante esses nomes a ideia que fazemos da consciência nacional, justifica um silêncio – profundamente eloquente.

No dia de hoje eles deviam ser lembrados, não tanto por um impulso de gratidão mas pelo grande ensinamento que disto nos advém – por isto é que os recordamos – afastando-nos – por um instante – da alegria ruidosa e festiva que no dia de hoje aclama – a regeneração da pátria.

Revista da Família Acadêmica,
Rio de Janeiro, 13 mar. 1888

NOTAS DE LEITURA

Pudessem todos ler este livro... O espírito após atravessar estas páginas como que se transfigura – sentimos dentro em nós uma nova força, latente e invencível – a única capaz de fielmente transmitir as energias da nossa alma.

* * *

Vemos quanto é forte esta alavanca – a palavra – que alevanta sociedades inteiras, derriba tiranias seculares...

* * *

É curioso ver-se tombar, ruir por terra – o velho castelo de granito do Feudalismo – não batido pelas picaretas de ferro, não chocado pela polêmica formidável das catapultas antigas – mas ao embate do verso iluminado de Mirabeau!...

É mais interessante ainda o ver-se uma frase tão simples "Deus o quer!..." alevantar cem povos; lançar uma de encontro a outra, num duelo horrível, duas religiões enormes, encher de devastação a Ásia e de horror a Europa, burilar o símbolo da cruz aos copos de todas as espadas – dar às arestas das cruzes o gume das espadas – e fazer convergir para o túmulo de um filósofo ilustre toda a vitalidade das sociedades medievais!...

* * *

    Eu tenho um fanatismo tão insensato pela palavra, pela tribuna que, faça embora o que fizer de melhor para a sociedade, terei cumprido mal o meu destino se não tiver ocasião de, pelo menos uma vez, erguer a minha palavra sobre a fronte de qualquer infeliz, abandonado de todos; e aí impávido, altivo, audaz e insolente arriscar em prol de sua vida obscura todas as energias de meu cérebro, todos os meus ideais – a minha ilusão mais pura, o meu futuro e a vida minha!...

    Sobre *Éloquence et improvisation* de E. Paignon.
Revista do Grêmio Euclides da Cunha, n. 26

A DINAMITE

Sr. Redator: Em carta ontem publicada, dirigida ao redator de *O Tempo,* o Sr. João Cordeiro manifestou sentimentos de tal natureza, que, caso passem em silêncio, provocarão um grande e doloroso espanto no futuro, definindo pela pior maneira a feição atual da sociedade brasileira.

É muitíssimo justo que se deem a um amigo parabéns pelo malogro de um atentado covarde como aquele que, segundo se afirma, foi ideado à redação de *O Tempo.* É, porém, profundamente condenável aliar-se à justíssima condenação de um crime uma represália talvez ainda mais criminosa. Assim é que o Sr. João Cordeiro sugeriu o alvitre singular e bárbaro de lançar-se mão das mesmas armas criminosas e reduzir a retalho as prisões onde estão os rebeldes, etc..., caso não se possa conseguir o fuzilamento dos dinamitistas. Confesso, Sr. Redator, que uma tal proposição, ousadamente atirada à publicidade, num país nobilitado pela forma republicana, deve cair de pronto sob a revolta imediata dos caracteres, que na fase dolorosa que atravessamos tenham ainda o heroísmo da honestidade.

É necessário ainda que este protesto parta justamente dos arraiais daqueles que, pelo fato mesmo de lutarem sob a égide da lei, se consideram bastante fortes, para não descerem a selvatiquezas de tal ordem. É o que faço, desafiando embora a casuística singular que por aí impera, mercê da qual é fácil estabelecer-se a suspeição em torno das individualidades mais puras, tornando-as passíveis dos piores juízos.

Este protesto não exprime a quebra da solidariedade com os companheiros ao lado dos quais tenho estado; exprime simultaneamente um dever e um direito.

De fato, quem quer que tenha uma compreensão mais ou menos lúcida do seu tempo deve procurar evitar a revivescência do barbarismo antigo; quem quer que seja medianamente altivo pode afastar a camaradagem deprimente de quem almeja o morticínio sem os perigos do combate.

Sr. Redator: A fim de reduzir corolários ilogicamente deduzidos da minha carta anterior, peço mais uma vez lugar nas colunas de vosso jornal, afirmando-vos que não renovarei este apelo ao vosso cavalheirismo, porque não devo malbaratear em polêmicas que se tornem pessoais o tempo que devo empregar trabalhando pelo meu país. Afeito a proceder retilineamente, não temo os perigos das posições definidas, e afirmo mesmo que, por maiores que sejam aqueles, estas são sempre as mais cômodas.

As consequências que aprove à redação d'*O Tempo* tirar das minhas palavras são tão profundamente irritantes e falsas, que exigem uma réplica imediata. Não sei que modalidades deva assumir a minha linguagem para fazer compreender aos que comigo lutam pela mesma causa, com sentimentos diversos, que também condeno inexoravelmente a turbamulta perigosa que irrompe atualmente de todas as sociedades, planeando o mais condenável ataque a todo o capital humano, e tentando macular, cobrir com uma fumarada de incêndio o vasto deslumbramento de nosso século. Por isso mesmo que os condeno, é que entendo que eles devem cair esmagados pela reação de todas as classes; mas por isso mesmo que odeio os seus meios de ação repilo-os, entendendo que a reação pode perfeitamente, com maior intensidade, definir a serenidade vingadora das leis.

É necessário que tenhamos a postura corretíssima dos fortes! Não é invadindo prisões que se castigam criminosos.

Nada mais falível e relativo do que esta justiça humana condecorada pela metafísica com o qualificativo de absoluta. Há nos sentimentos que ambos tributamos à República uma diferença enorme. S. Exa. tem por ela um amor tempestuoso e cheio de delírios de amante, eu tenho por ela os cuidados e a afeição serena de um filho.

Persisto, pois, na deliberação fortemente tomada de o não considerar como um companheiro de lutas.

O futuro dirá quem melhor cumpriu o seu dever.

Gazeta de notícias,
Rio de Janeiro, 18 e 20 fev. 1894

[FRAGMENTOS]

Ah, meu amigo – se realmente, como se diz, todo artista – ampliando, todo pensador – é antes de tudo um homem absolutamente imerso numa impressão dominante – que seria do Hamlet se Shakespeare tivesse em certos dias de calcular a curva de momentos de uma viga metálica; que seria da mecânica celeste se Newton desprezasse as forças intelectuais vigilantes que agarraram de chofre, na queda de uma maçã, a queda circular dos mundos – para escrever as cotas de um nivelamento –; que seria do estupendo *Moisés,* tão genialmente incorreto, se Miguel Ângelo tivesse de alinhar de quando em quando, aritmeticamente chatas, as parcelas de um orçamento...?

* * *

As *"santas cruzes"*: No dia 3 de maio de 1901, não sei mais em que incumbência da minha engenharia ingrata, eu seguia, a cavalo, da Vila de Redenção para São Luís de Paraitinga. Ia escoteiro e rápido, apertando nas esporas o burro ronceiro num meio galope troteado e duro, enquanto, retardado, o camarada, um esplêndido companheiro, o Quincas Ruivo, forceja por avançar do mesmo trote rápido mas sem perder de vista os sucessivos desvios ou "arrados" recortando a estrada e pelos quais, às mais das vezes, eu desastradamente entrava. – "Seu doutor, é p'ra direita!" – "Toque à esquerda, patrão." E lá íamos. Conforme um hábito antigo, mercê do qual as menores distâncias desaparecem-me em horas que me parecem cinco minutos, eu me entregava à contemplação tenaz dos mínimos incidentes das paisagens, ora numa análise miúda destacando um a um os mínimos pormenores, ora inteiramente deslumbrado, no galgar um cimo, pelo conjunto da terra...

Revista do Grêmio Euclides da Cunha,
Rio de Janeiro, 15 ago. 1917. Tirado de um caderno
escrito em Lorena, SP, com data de 1902.

[CURANJÁ]

Foi o que sucedeu em Curanjá a 3 de julho.
Ofereceram-nos um banquete (ao chefe peruano e a mim), as principais pessoas do lugar. Aceitei-o com prazer: estava ainda na ilusão de uma simpatia que desapareceria em breve. Dirigi-me ao local (uma casa comercial de C. Sharf, entregue à direção do seu guarda-livros, o alemão Alf. Shultz) – e fui para logo surpreendido com a profusão de bandeiras peruanas em pleno contraste com a ausência da nossa – sendo, entretanto, facílimo aos promotores da festa o adquirirem-na no próprio acampamento.

Notando este fato, pensei em retirar-me e aguardava a primeira oportunidade para o fazer, sem alarde ou escândalo, quando observei, entre as ramagens que decoravam as paredes de paxiúba da sala do festim, algumas folhas de palmeira cujas faces internas de um amarelo muito intenso contrastavam no verde do resto da folhagem. Era uma solução à atitude contrafeita que me impusera..., o espetaculoso patriotismo daquela gente. Realmente, pouco depois de sentados à mesa, tomei de golpe a palavra, sem aguardar o momento oportuno para os brindes, e numa rápida saudação agradeci o convite que se me fizera, e isto por dois motivos essenciais:

Primeiro – como americano – sentindo-me feliz com todas as manifestações de cordialidade entre homens oriundos de raças quase irmãs, talvez destinados a íntimas alianças no futuro para reagirem ao imperialismo crescente das grandes nacionalidades; em segundo lugar – como brasileiro – profundamente comovido diante da "inteligente gentileza" e requintada galanteria com que se tinha posto naquela sala a bandeira de nossa terra. (O espanto dos convivas foi absoluto!) Esclareci-o então dizendo-lhes que uma extraordinária nobreza de sentir fizera que eles ao invés de irem procurar no seio mercenário de uma fábrica a bandeira de meu país tinham-na buscado no seio majestoso das matas, tomando-a exatamente da árvore que entre todas simboliza as ideias superiores da retidão e da altura. E terminei: "Porque, Srs. peruanos, a minha terra é retilínea e alta como as palmeiras...".

Não poderei dizer... o efeito destas palavras, nem o constrangimento com que o chefe peruano e outros cumprimentaram-me declarando "que eu havia compreendido muito bem o pensamento deles"...

Trecho de relatório de 1905

A PÁTRIA E A DINASTIA

Os últimos acontecimentos demonstram eloquentemente que o governo atual, apeado ao terreno infecundo dos expedientes, abandonou, consciente da própria esterilidade, a verdadeira política, desviando de todo o seu espírito de elaboração elevada das verdades sociológicas imediatamente adaptadas à direção positiva da nossa nacionalidade. Ignorantes, diante das noções mais rudimentares do direito constitucional e além disto profundamente incompatibilizado com o elevado destino da política americana, a sua posição até então indefinida – perante a civilização – começa a assumir um caráter nimiamente agressivo. No entretanto, nenhuma quadra melhor se apresentaria a receber o influxo e a ação poderosa de uma política, francamente progressista, que, aproveitando e orientando racionalmente a vitalidade da Pátria, criasse, através da comunhão necessária dos interesses, a grandiosa harmonia, a ligação indispensável de seu futuro ao de suas coirmãs da América.

Nada disto, porém, sequer intentou realizar.

Erguido ao poder, a fim de ser, felizmente, o redator autônomo da vontade popular, literalmente expressa no decreto de 13 de Maio; coagido pela própria evolução da sociedade – a ser grande; orientado, quando devia orientar; nivelado, quase involuntariamente, às ideias de seu tempo – o governo não soube ou não quis aproveitar a grandeza ocasional em que se achou e longe de seguir o único programa civilizador de que pôde dispor – *conservar melhorando* – emerge agora da inércia em que deperecia para implantar no seio da sociedade, que lhe confiou o futuro, abruptamente, uma apreensão séria que se refletirá do modo mais deplorável, em todos os ramos de sua atividade.

Como explicar este imprevisto movimento de armas, agora – em que se devia iniciar a convergência de todas as atividades para a luta prodigiosa da paz e do trabalho?...

Não acreditamos que seja uma medida de ordem puramente administrativa – nem que o governo inspirando-se nas teorias do eminente criador do poder moderador pretenda entregando aos cidadãos armados a guarda nacional, a segurança interior do Estado, investir à força arregimentada de sua verdadeira função que é defendê-lo no exterior. Esta medida seria precipitada sobre ser extemporânea. A guarda nacional é entre nós um mito – e que o não fosse, pior ocasião não se poderia apresentar para esse movimento assustador de dez mil baionetas na direção de uma fronteira – já de si fortalecida pela debilidade da nação limítrofe.

Se pretende fazer sentir nos destinos das nacionalidades em litígio a sua influência, no peso da espada de um marechal ilustre – patenteia um triste retrocesso mental, fere de frente o direito constitucional, que, negando-lhe a faculdade de declarar a guerra, impede-lhe, portanto, de originar-lhe causas e indica limpidamente ter a mentalidade truncada ao maior ideal da política moderna, feito para sistematização de todos os princípios generosos, em que a supremacia mental inspira e onde a fortaleza das ideias concorre vitoriosamente com o frágil vigor das espadas.

Colocou, além disto, de um lado ou doutro dos próximos beligerantes, ou entre ambos, dez mil homens, dez mil temperamentos, expostos a todas as emoções, à magia e às esperanças da glória e dos combates – é ocasional na guerra o estéril dispêndio no exterior – agora – em que o assoberba, crescente, no interior – a anarquia econômica!

Pretenderá dar ao nosso século o escândalo de uma guerra de conquista?...

Acreditamos que não.

A causa, a verdadeira causa talvez – da ação teatral do governo – já está de há muito desvendada. Sentindo desaparecer dia a dia o automatismo que por tanto tempo aniilou a orientação digna da maioria dos atos da sociedade brasileira; compreendendo diante do espírito nacional, vigorosamente alentado por novas aspirações, a fragilidade do cômodo regímen que o sustenta; notando – o que é mais sério – que a fronte do soldado, banhada nas correntes iluminadas do espírito contemporâneo ousava cometer um delito, não previsto pelo Conde de Lippe – racionar, o que transmudava-o numa força, força que se traduzia num movimento desassombrado e harmonioso com a sociedade, temendo, sobretudo, esse consórcio do pensamento com a espada – aliança que coloca esta ao lado do futuro e da liberdade – o governo resolveu antepor à política da Pátria a política imperial. E adotou a norma banal de dispersar para enfraquecer. Dispersa o exército, e tendo-o assim, não podendo destruir-lhe no cérebro a noção digna que começa a ter do futuro excita-lhe a ambição com a imagem encantadora de futuras glórias.

Quanta ilusão, porém, em tudo isto!...

Desiluda-se o governo. A civilização é o corolário mais próximo da atividade humana sobre o mundo; emanada imediatamente de um fato, que assume hoje, na ciência social, o caráter positivo de uma lei – a evolução –, o seu curso, como está, é fatal, inexorável, não há tradição que lhe demore a marcha, nem revoluções que a perturbem – tanto assim é que, atravessando o delírio revolucionário de 93 e tendo pela frente – impugnadora – a espada de Bonaparte, onde irradiavam as gloriosas tradições do maior povo do mundo – imergiu tranquilo no vasto deslumbramento do século XIX.

Desiluda-se pois, o governo; a evolução se opera na direção do futuro – e quer o governo queira quer não, embora voltado para o passado, caminhará com ela, para a frente, mas como os covardes – recuando.

Província de São Paulo, São Paulo, 22 dez. 1888

REVOLUCIONÁRIOS

O republicano brasileiro deve ser, sobretudo, eminentemente revolucionário.

Expliquemos o paradoxo.

A noção elevada de Pátria, despida da feição sentimental que a caracterizava, assume hoje as proporções de uma brilhante concepção cerebral, em que entram como elementos únicos, necessários e claramente correlativos, as concepções do tempo e do espaço.

Mais, talvez, do que filho de uma região, o homem da modernidade é filho do seu tempo.

Vinculado ao território pelas tradições e pela família, a humanidade, que é a generalização desta, e a história, que é a síntese racional daquelas, vinculam-no a seu século.

Da perfeita harmonia dessas concepções resulta o homem moderno.

Compreender a Pátria, isolando qualquer desses elementos, é incompatibilizar-se com o movimento evolutivo do progresso; é partir do egoísmo infecundo e criminoso de Bismarck ao altruísmo exagerado – ao cosmopolitismo não menos infecundo de Anacarsis Cloots, declarando-se cidadão do mundo!

A marcha das sociedades traduz-se melhor pelo equilíbrio dinâmico destas duas concepções.

Devemos aos esforços comuns das gerações passadas a altitude prodigiosa de sua individualidade; preso pelas impressões do presente ao território da Pátria – o cidadão moderno, na elevação enorme em que o princípio geral da relatividade o obriga a colocar seu espírito – desde que pense no futuro – elevação a que só atingiu pela ciência – dominado pelo cosmopolitismo desta irmana-se forçosamente a seus coevos.

É uma fraternidade que se estabelece pelo cérebro e pelo coração; é um sentimento orientado pelo raciocínio, cuja existência se demonstra com a mesma frieza, tão positivamente como um princípio de mecânica e do qual a feição mais catacterística se chama – civilização.

É esta, de fato, a nossa Pátria no tempo.

Negá-la é negar a função mais elevada da ciência; da ciência que além de estabelecer, pelo desenvolvimento filosófico de suas teorias, a vasta solidariedade do espírito humano, sob a sua forma empiricamente útil, como arte subordinada inteiramente a esta solidariedade, às grandes exigências da vida moderna.

Pois bem, a política do século XIX chama-se democracia; de há muito a colaboração de todas as ciências e das tendências naturais de nosso temperamento despiu-a do frágil caráter de uma opinião partidária, para revesti-la da fortaleza da lógica inquebrantável de uma dedução científica. Em sociologia, eu creio que, observando-se o sistema social, chega-se a ela tão naturalmente como Lagrange à fórmula geral da dinâmica. Assim, não é uma forma de governo que se adota, é um resultado filosófico que se é obrigado a adotar: forma-se um democrata como se faz um geômetra, pela observação e pelo estudo; e, nessa luta acirrada dos partidos, por fim o republicano não vencerá – convencerá; e, tendo enfim dominado os adversários, não os enviará à guilhotina, mandá-los-á para a escola. A democracia é, pois, uma teoria científica inteiramente desenvolvida, simboliza uma conquista de inteligência, que a atingiu na Sociologia depois de se ter avigorado pela observação metódica da vasta escala da fenomenalidade inferior; síntese final de todas as energias racionais (podemos assim dizer), que impulsionaram as evoluções políticas de todas as nacionalidades, e definindo – na Política – o fastígio da mentalidade humana, é hoje impossível, com abstração dela, uma compreensão exata da civilização.

Pois bem, se tudo isto se dá, se de fato ninguém deve fugir à ação de seu tempo e se a democracia é a forma de governo mais em harmonia com ele – é claro que lutarmos pela sua realização, equivale a lutarmos para que se complete o nosso título de cidadãos – porque ela é, de fato, o complemento moral da Pátria.

Essa luta, porém, é francamente reacionária.

Nem deve, nem pode deixar de ser assim.

Não podendo entregar o seu desenvolvimento à vagarosa evolução do espírito popular; descrente da política do seu país, em que a maioria dos estadistas estuda "para saber errar convenientemente": agindo, além disto, num Estado que realiza o deplorável fenômeno histórico de possuir sessenta anos de vida política e quase mil de inervação monárquica, porque, importando o trono da dinastia de Bragança, adquiriu todo o velho carrancismo das dinastias portuguesas; por outro lado, impelindo pelas tradições de sua terra – repletas de um majestoso rumor revolucionário – cheia da encantadora magia dos mais belos exemplos, desde o estoicismo heroico de Tiradentes à heroica abnegação de Nunes Machado – o republicano brasileiro deve ser forçosamente revolucionário.

Demais – digamo-lo ousadamente –, a própria orientação filosófica que o dirige, obriga-o a destruir.

Destruir – para construir.

Ora, destruir, no organismo social o tóxico lentamente infiltrado é aplicar os antídotos violentos dos casos desesperados.

Por mais refletido que seja – ou, melhor, por isso mesmo – o republicano, desde que as suas ideias exerçam assim a função de reagentes que lhe preparam o terreno próprio à realização dos ideais, que têm unicamente a existênica subjetiva de seu espírito – é forçado a revesti-las do máximo vigor e desassombro extremo. Descansem, porém, os que se assustam com este título: Revolucionários – ele, além de exprimir uma louvável tendência a nivelar-se a seu século, realiza o verdadeiro tipo de propagandista, não de uma opinião política, mas de uma necessidade social. Este epíteto – ele não o adota *ad libitum* – aceita-o; aceita-o como corolário inevitável do conflito da ação positiva de seu espírito sobre a influência negativa do regímen antigo. Inteligente – se o estado atual de seu país obriga-o a ser inflexivelmente enérgico – o estado atual de seu tempo obriga-o a ser calmo; é alguma coisa semelhante ao temperamento tempestuoso de Danton dentro da disciplina mental de Condorcet: e quando amanhã der larga expansão à sua vitalidade, vê-lo-ão, rígido e inexorável, despedaçar, com o mesmo golpe, o trono e a guilhotina.

Província de São Paulo, 29 dez. 1888

DA CORTE

*L*onge de seguir o velho precedente dos cronistas neófitos, em contínua luta com a escassez de assuntos – tolhe-me a pena a acumulação destes. Por um fenômeno idêntico ao da treva, produzida na interferência das luzes –, os acontecimentos e os sentimentos que originam, múltiplos, antagônicos, dispersos, chocam-se, contrabatem-se, reagem, interferem, destroem-se pelo equilíbrio e eu fico sem assunto e insensível.

Neste momento – o mais grave talvez de uma profunda transformação, faz-se preciso para esquiçar a feição da nossa nacionalidade alguém de um temperamento monstruoso, através do qual irmanem-se as mais opostas manifestações da afetividade e que sendo a um tempo Juvenal e Dante, possa ter no estilo a expressão dúbia e medonha do choro hilariante, da risada dolorosa de Grinplain!...

De fato – admitindo que os cérebros dos pensadores tenham na reflexão maravilhosa dos acontecimentos a pureza imaculada dos cristais e que assim as ideias sejam as imagens virtuais dos fatos, é bem de ver que tudo o que se passa em torno de nós deve refletir-lhes na alma um misto incompreensível e estranho de alegrias, tristezas e dolorosa ironia.

Colocado no seio da sociedade atual – à mercê das forças que a agitam, expansões egoísticas de milhares de interesses irradiando a todas as direções – o nosso espírito – não poderá fixar uma direção retilínea e agitando-se, morrendo-

-se, oscilará indeterminadamente, indeciso, da esperança à desilusão – a todo o instante feliz, triste a todo o instante.

Unicamente uma disciplina mental esmagadora, inexorável – tal que pelo aniquilamento inteiro das paixões, nos facultasse a abdicação da própria individualidade, poderia dar à nossa pátria um Guizot que relacionasse os fatos e um Plutarco que definisse os homens... Quanto a nós – apaixonados –, inermes ante o assalto das emoções, em comunicação direta com a perturbação geral, harmonizados à desarmonia, batidos pela inconstância dos homens e dos fatos – meditaremos através de uma vertigem – e o mesmo fluxo de sangue, irrompendo-nos do coração, nos levará ao cérebro, a um tempo, a mais consoladora esperança e o mais sombrio desalento...

* * *

Para os que sabem que em nossa terra não há política, mas sim um partidarismo infrene – pois que aquela é a aplicação de conhecimentos que os nossos pseudopolíticos não têm, nem podem ter, e este redunda afinal, numa tristíssima conspiração contra os caracteres – as linhas que deixamos escritas não exprimirão um pessimismo doentio, estimulado pela preocupação de fazer estilo.

Quanto aos que, dotados de uma feliz ingenuidade – supõe-nos orientados por poderosas compleições intelectuais, sadias, robustas, revigoradas na atmosfera luminosa dos livros – esses – cuja miopia extrema confunde o Sr. João Alfredo e Gladstone, justificar-nos-ão em face dos últimos acontecimentos.

Os últimos acontecimentos... eu poderia perfeitamente, encarando a sua feição boa e honesta, iluminar a minha frase com um reflexo inda que enfraquecido da grande e brilhantíssima expansão de generosidade da alma nobilíssima do povo ante os martírios de Campinas... Volto-me, porém, à sua feição triste e má; imponho-me à pena de procurá-los nas estreitezas do nosso mundo político, pequeno demais para as paixões que contém e que, violentas, insensatas, refluindo numa concentração contínua de forças umas sobre outras –, aquecidas pelo egoísmo de todos, produzem a decomposição do caráter, como o acúmulo de temperaturas a dissociação do diamante. Pois bem, é ante o espetáculo da nossa política que me assaltam as mais opostas emoções.

Expulso do Senado, impossibilitado de entrar na Câmara – fechada por um capricho da oposição –, este pequeno grupo de indivíduos, inconscientes da própria posição, agarrados às pastas como avaros às bolsas e sobre cada um dos quais, solene e inflexível pesa a condenação das consciências honestas – patenteia-nos um quadro indefinível, incute-nos um sentimento incompreensível, idêntico ao que nos assoberba ao vermos, envolta na cintilação dos versos de Milton – uma agonia de demônios!...

Realmente o que presenciamos nada mais é que uma tristíssima agonia de alguns homens que, sem espírito e estudo bastante para engrandecerem a vida, harmonizando-a à grandiosa existência da pátria, extinguem-se, lentamente, pela asfixia da própria alma dentro do próprio egoísmo...

Desaparecendo amanhã do curso da existência nacional – essa gente não cairá, dissolver-se-á, a queda supõe anteriormente uma posição elevada: – caindo, no parlamento inglês, do alto de um grande ideal, Gladstone, lembra-nos no mundo moral a queda resplandecente de uma estrela.

Quase sempre – cair não é descer.

Essa gente não cairá.

* * *

À última hora um espírito eminente – denunciou à pátria os horrores de uma conspiração.

Parecia que o aniversário da ação mais elevada e humana de nosso povo – a exemplo das solenidades antigas –

sagrar-se-ia no sangue de milhares de vítimas. A coisa, ao que parece, far-se-ia com todos os atrativos de um verdadeiro festival; citavam-se já, à luz meridiana, os nomes dos felizes destinados às aras do sacrifício; havia um programa preestabelecido com todos os elementos de um drama de sensação; as *réclames* irradiavam a toda parte, levados por entidades patibulares, eminentemente próprias a fazer-nos desmaiar de pavor; segundo corre – a exemplo dos ensanguentados dramalhões de D'Ennery devia ser o elemento principal das situações proféticas – o punhal!

Apontavam-se mesmo, na Rua do Ouvidor, os corifeus da nova Saint-Barthélémy – prestes a estender a sua sombra sob o nosso sol americano – talvez por um capricho de neto de Carlos IX...

Como a lei natural do atavismo se exemplifica da história?!...

O que ia se dar se um recrudescimento de covardia não paralisasse à última hora o braço dos covardes – seria como uma invasão de bárbaros no século XIX.

Assim – iam esfacelar a pátria, matar, exterminar, romper-nos o peito a facadas, envergonhar a humanidade e escandalizar o nosso século: serena e inviolável, ideal que constitui a essência mais do que da alma brasileira – da alma americana – a Democracia havia de pairar sobre os destroços – como um Íris feito pela refração maravilhosa dos brilhos de nossas crenças, através do nosso sangue...

Felizmente, porém, lembraram-se os Átilas e Gensericos dessa onda de alucinados – que os seus sócios da Média Idade – viris, indômitos, inexoráveis – após ruírem o maior império do mundo – e colocarem sobre o seio de Roma a rija ferradura dos seus cavalos – estacaram combalidos e respeitosos ante a velha Catedral – guardada pela força sobre-humana do ideal.

Província de São Paulo, 17 maio 1889

HOMENS DE HOJE

I

Como o átomo na química ou o infinitamente pequeno na matemática, o homem, em sociologia, tem a existência subjetiva de um tipo abstrato.

Unicamente considerando-o assim, desta forma, diríamos metafísica, se não fosse esta a palavra mais condenada hoje, tornou-se possível o estabelecimento da ciência social. Aí, como o dx de Leibnitz, ele exprime uma abstração imensa; é uma construção lógica e as suas propriedades características não são as que hoje tem, mas as que terá após um aperfeiçoamento excessivamente remoto.

Atingir a esse tipo ideal, realizá-lo empiricamente, tal é o destino altamente moralizador da civilização, tal é o fim grandioso dessa belíssima utopia da filosofia moderna que aspira, pelo consórcio de todas as tradições e unificação de todas as crenças – transmudar a Terra no extenso lar da família humana.

Para nós porém, assaltados em plena mocidade por um duro aceticismo, esta época ultrapassará a existência biológica da Terra e antes que o homem qual é possa chegar ao homem qual deve ser, é natural que depois das condições essenciais à vida e amparado somente pela lei diretora do equilíbrio dinâmico dos mundos, o nosso planeta, coberto das ossadas de mil gerações extintas, gravite no espaço, vazio, como um túmulo silencioso e vasto...

Estas linhas, apressadamente escritas, têm o único valor de fixarem nos mais, desassombrada e digna, uma posição de combate.

Nada mais perigoso, numa época de agitação, que essa discussão objetiva que se costuma estabelecer em torno de individualidades e nada também mais estéril.

Para nós, os indivíduos terão a estrutura ideal das fórmulas: traduzem manifestações da sociedade e discuti-los, mais do que inquirir se são ou não bons, consiste em ver se patenteiam-se ou não – lógicos.

Por outro lado, como uma atenuante ao cepticismo referido acima, resta o entusiasmo que nos domina sentindo, em torno, na pátria – a parte mais próxima da humanidade – os que ainda creem, ainda sabem sentir e generalizando a vida têm robustez para alevantar a herança grandiosa do passado e impeli-la engrandecida para o futuro.

Esses, que surgem dentre nós, elevados e resplandecentes, como pontos determinantes da trajetória ideal da nossa civilização, emprestar-nos-ão alento para que não percamos a postura retilínea dos fortes...

Por mais violento que seja o embate de nossas próprias paixões, amparar-nos-á a crença robusta de que há em suas almas vigorosas um asilo inviolável a este sonho, a esta miragem, a isto que para muita gente não passa de uma palavra – a Pátria...

* * *

Não há exagero nessas últimas linhas; não existissem eles e por uma vez devíamos repelir a esperança na regeneração desta velha sociedade colonial – prolongada por um triste fenômeno histórico ao seio do século XIX.

O repto audacioso lançado em pleno parlamento, pelo Primeiro-Ministro do Império, afrontaria impune ao grande ideal da política americana, destinado um dia, talvez próximo, a fazer da América inteira uma só pátria.

Com um amplo e vigoroso gesto, num assomo de demagogia palaciana, S. Exa. traçou ante a representação nacional a linha estratégica de uma árdua campanha. Nesse gesto circular e enorme, que durante um segundo pairou sobre toda a Câmara, inscreveu o trono imperial, e em sua fisionomia vimos transudar a mais soberana alegria, a mais rígida confiança na própria força.

Por entre o enorme sussurro e explosão de aplausos, que saudaram a profissão de fé do padre João Manoel, a sua palavra penetrou alígera e heroica como um dardo, transmitindo à debilidade da instituição monárquica o tônico enérgico de um grande talento. Em suma, da maneira mais franca, foi talvez S. Exa. o primeiro a dar manifestação empírica a uma luta que de há muito agita o espírito nacional. Compreendemos então que atingíramos uma fase decisiva na história.

Compreender isto, porém, equivale a robustecer-nos.

Todo aprumo, a gesticulação teatral, a esplêndida *hardiesse* do Sr. Presidente do Conselho, fazem-nos acreditar que confia muito na tão falada engrenagem política, cujos dentes realizam a odiosa tarefa do esmagamento de caracteres, das salas das secretarias de Estado ao fundo das casernas; ainda mais, certificam-nos de que assiste-lhe amplo, o direito, ante uma questão social extremamente complicada, de dar a palavra ao sinistro legislador – Comblain...

Ao mesmo tempo, porém, anima-nos a certeza – de que as condições atuais, o advento de adversários ante os quais S. Exa. aniile-se totalmente, traduz sobretudo um fato naturalíssimo.

Representantes naturais da sociedade trazem no espírito a resultante de todas as energias sociais; são os homens de hoje sínteses das maiores aspirações de uma época. Para que desde já possamos esboçar-lhes os agigantados perfis é suficiente isto: encarar a feição mais elevada dos acontecimentos.

Estabelecido este preâmbulo, consideremos o presente.

II

O Sr. Cesário Alvim despediu-se do Oitavo Distrito de Minas; unicamente como eleitor *deseja* e *deve* entrar no pleito eleitoral. É isto, em resumo, o que o ilustre democrata acaba de exprimir pela imprensa.

Tratássemos de um velho liberal, cuja energia se extinguisse na deplorável inconsistência de uma política partidária – desiludido e vencido, e acharíamos natural mesmo este rebaixamento de posto que, como o de Epaminondas – eleva.

A desilusão, esta espécie de derrota infligida às ideias e ao sentimento, é, em política, inevitável corolário da estéril agitação dos que, sem altitude para fugirem à dispneia asfixiante do egoísmo pretendem, no estreito círculo de uma individualidade mal-educada, inscrever os interesses gerais.

Advém-lhes a velhice como os cabelos brancos. Paralisa-lhe a cerebração da mesma forma pela qual a lenta atrofia do organismo dificulta-lhes a circulação do sangue. Divorciados do movimento geral, em toda a sua atividade como que predomina, constante, um esforço material, abdicando das próprias convicções todas as vezes que a musculatura combalida ameaça-lhes a integridade da existência. Dizem-se desiludidos – estão gastos.

Em política não há desilusões por uma razão simplíssima: a política não ilude. Definindo-se sobretudo como – um espírito colocado em função da sociedade, o homem político, pela expansão natural das ideias, vincula-se profundamente às forças crescentes que a animam. As diferenciações sucessivas dos fatos, que definem o curso da civilização e são a condição essencial do progresso, reagem continuamente sobre si, alentam-no e revigoram-no. Bate-se por um ideal, convicto muitas vezes de que a sua realização está além da vida objetiva; certo porém de que constituir-lhe--á a existência imortal da história; e velho, muito embora, paira-lhe na fronte encanecida a tranquila irradiação de suas crenças, como a fulguração das lavas na eminência enregelada de um vulcão andino. Estes não se desiludem.

Em nossa pátria, onde o partidarismo impera, é vulgar a aparição de políticos desiludidos, mumificados em vida, e acurvados ao peso de antigas crenças, derrocadas.

O Senador Francisco Octaviano, uma grande alma de poeta que orientada de outra forma deixaria em nossa história um traço imperecível, define a política como uma *messalina histérica de cujos braços sai-se corrompido, etc.*

Os que aplaudem esta frase monstruosa apedrejar-nos-iam se alcunhássemos a química de *volúvel cortesã,* ou de *misteriosa hetaira* a matemática. Entretanto o absurdo é perfeitamente idêntico; a política emana duma ciência tão positiva como qualquer uma destas e como qualquer uma repele objetivações que a desvirtuem.

Em suma, iludir-se em política é errar.

Para os que chegam à convicção dos próprios erros e numa implícita declaração de incompetência dizem-se desiludidos, abandonar uma posição de comando exprime um ato além de natural, altamente benéfico. Com o eminente representante de Minas isto, porém, não se dá.

Ainda quando a sua mentalidade não se constituísse inteira à luz dos princípios mais sãos, bastava a grande solidariedade que o alia à maioria de sua província, para determinar-lhe a mais perigosa estacada na próxima luta.

Profundamente identificado às elevadas aspirações dessa terra lendária, onde repousam as mais brilhantes tradições da pátria, cabe-lhe o grande dever de operar no seio da representação nacional a transfusão da esplêndida virilidade que a anima e impulsiona.

Por mais rápida que fosse a sua passagem aos princípios republicanos, foi limpidamente lógica: definiu do modo mais digno a atitude atual da evolução política em Minas.

Perfeitamente coerente, os seus atos de hoje irmanam-se aos de ontem e a sua posição, longe de ser um repúdio ao passado, traduz uma expansão do próprio liberalismo.

Os ronceiros paquidermes políticos, que materializam por aí a coerência na estabilidade das rochas, acham que esta transformação foi muito rápida, extremamente rápida...

Pela nossa parte, achamos naturalíssimo que, tendo entregue todo o seu talento a um partido – como um diamante às mãos do lapidário –, visse-o afinal surgir brilhante e rígido, entre os fulgores da democracia.

Na fase atual das coisas, em que os partidos monárquicos, conflagrando-se, aniilam-se pela dispersão; em que, por uma erradíssima sugestão do ministério, o velho imperador, que traduz ao estado mórbido o próprio estado da instituição monárquica, vai ser arremessado a Minas, como uma sonda – bem é que o Sr. Cesário Alvim, constituindo-se o centro de atração das grandes aspirações de sua província, que são as da pátria, robusteça-as, unificando-as. E acreditamos que não poderá se eximir a isto: opondo-se pela primeira vez a um seu desejo francamente expresso, Minas impor-lhe-á breve o sacrifício de ser grande....

Província de São Paulo, 22 e 28 jun. 1889

O EX-IMPERADOR

Os nossos ilustres colegas do *Correio do Povo* dizem hoje que "consta que o Sr. Ministro da Fazenda já redigiu e apresentou à assinatura do Chefe do Governo Provisório o decreto concedendo 100:000$ a D. Pedro de Alcântara, como adiantamento do espólio de seus bens, assim como mais 30:000$ mensais pelo mesmo princípio".

Custa a crer que semelhante medida seja tomada pelo Governo da República, por esse mesmo Governo que, depois de deportar, como lhe cumpria, o velho rei e sua família, baniu-os do território nacional, por haver o ex-monarca rejeitado a grande soma que lhe era oferecida.

Por que razão, com que fundamento, apoiado em que direito se concede hoje a um homem deportado e banido do território da República a enorme soma de cem contos de réis e de trinta contos mensais?

Por conta dos bens que aqui deixou?

Mas se o Sr. Pedro de Alcântara é possuidor de bens, faça o que fazemos nós outros, os particulares que, diretamente vendemos ou hipotecamos o que possuímos, para pagar o que devemos.

Não deixou o ex-imperador os seus procuradores legalmente constituídos?

Não sabe o Sr. Barão, Visconde ou Conde de Nogueira da Gama quais os meios de que lançar mão para fazer dinheiro dos bens do seu ex-senhor?

Pediu o Sr. D. Pedro de Alcântara ao seu bastante procurador que se entendesse com o Governo Provisório da República para que lhe adiantasse, por conta dos bens aqui deixados, a quantia de cem contos de réis, dando em hipoteca valor que salvasse a transação?
Duvidamos.

E demais: o Estado pode imiscuir-se nessas questões de adiantar dinheiro a um homem, a um indivíduo – porque o Sr. D. Pedro de Alcântara – é hoje um homem particular, sem maior direito ao respeito humano do que quanto o que provém da sua ilustração, da sua velhice e dos seus merecimentos individuais.

Os cem contos irão; irão os trinta contos mensais.

Mas qual será o prazo durante o qual o dinheiro da República dos Estados Unidos do Brasil continuará a subvencionar a monarquia que eles próprios abateram, deportaram, e baniram, em hora feliz para todos nós?

Pode saber o Governo Provisório quantos meses terá de vida o ancião que na Europa não está decerto a morrer de sentimentalismo pela direção que vão tomando as coisas públicas de nossa terra?

É preciso que tenhamos orientação; que reflitamos sobre esses atos em pleno desacordo com o que se estatuiu nos dias subsequentes a 15 de Novembro.

Democracia, Rio de Janeiro, 3 mar. 1890

SEJAMOS FRANCOS

As grandes exigências impostas pela existência moderna aos nossos cérebros e aos nossos corações, definindo-se de uma maneira geral pela mais robusta fortaleza de ideias, pela mais elevada manifestação de sentimentos, deixam-nos muitas vezes desiludidos, combatidos pelo mais deplorável desânimo, quando sentimos faltar à comunhão que nos rodeia não só consistência para suportar aquelas, como altitude para harmonizar-se a estes.

Afazendo-nos o mais possível a silenciosa eloquência dos livros, a vida universal, maravilhosa e grande, animada pelo espírito imortal dos gênios, reflete-se-nos no cérebro quer sob a forma simplicíssima das leis matemáticas, quer sob a feição complexa dos princípios sociológicos; e é assim, à luz das verdades austeras da ciência, que procuramos constituir ideais capazes de nobilitarem nossa atividade. Fortes e lógicos, emergindo de uma elaboração mental constante, elementos imprescindíveis à delicadíssima organização das consciências, são estes ideais que generalizando, pelo altruísmo mais nobre a vida individual, criam brilhantíssima a noção positiva da Pátria.

E notar, portanto, por eles, a todo transe, ceder-lhes inteira a vitalidade, constitui um dever ao qual não há eximir-se sem abdicar da própria dignidade. É o que temos feito.

Entretanto, como nos pesa esta missão e quão preciso se nos torna o mais notável estoicismo – nesta reação extraordinária de um grupo contra uma sociedade...

De fato, não nos iludamos.

A nossa nacionalidade atravessa de há muito uma quadra em que o mais difícil problema consiste em harmonizar a vida ao dever.

Sem um ideal, uma aspiração comum que ligue e oriente todos os esforços, as energias que agitam-na e abalam têm o valor nulo das forças interiores na translação dos sistemas.

Não marcha, não progride, não civiliza-se, anarquiza-se no conflito assustador de interesses unicamente individuais, de ambições indisciplinadas que se digladiam, e os que, arrebatados na expansão das próprias ideias, tentam lutar fora do círculo isolador da individualidade, sem um só ponto de apoio às forças que o revigoram –, caem e extinguem-se na desilusão mais profunda.

Foi a ciência deste fato a única inspiradora da forma ditatorial cuja função é evidente, agora, preparar a sociedade – para que a sociedade produza a República.

Em torno aos chefes ilustres, investidos desta missão alevantada, obscuros colaboradores embora, da reconstrução da Pátria, agrupamo-nos acalentando a arrebatadora ilusão de uma luta impulsionada pelos mais generosos sentimentos e sobre a qual se desdobrasse inteiro o vasto deslumbramento dos nossos ideais.

Unicamente assim era possível criar no seio de um povo a mais fecunda e poderosa reação moral; unicamente assim o estabelecimento da República deixaria de ser um sistema de governo imposto para ser o que deve ser a tradução política de um estado social; unicamente assim ela seria, amanhã – o corolário imediato do caráter nacional, purificado e modelado à feição dos grandes princípios da democracia.

A luta, porém, em que nos empenhamos, luta prodigiosa, subordinada unicamente à ação incruenta da inteligência e na qual é fragilíssima a espada, começa a perder a sua feição entusiástica e a inocular-nos o travor das primeiras desilusões.

A própria inconsistência do meio faz refluir sobre os que proclamam a verdade toda a dureza que elas encerram – e compreendemos afinal que para seguirmos retilineamente, segundo o impulso inicial de nossas ideias, faz-se preciso um constante apelo à pureza de nossas convicções, à rijeza do nosso caráter e a abnegação da mais sólida – ainda que esta nos leve aos maiores sacrifícios pela honra e pela glória da grande existência histórica da Pátria.

Democracia, Rio de Janeiro, 18 mar. 1890

DIVAGANDO

I

Não temos como início de uma reação religiosa a lírica tonalidade que reveste os períodos do *Brasil,* órgão da imprensa católica.

A estafada retórica dos púlpitos como que mais mirrada se torna sob a pressão dos prelos e não vimos em seus períodos, eivados de um estéril misticismo, de pontos de admiração, o fulgor de uma ideia capaz de constituir-se núcleo de uma arregimentação de forças.

Seria verdadeiramente lamentável agora – emergindo entre graves problemas sociais – esse conflito de crenças, de uma ordem mais elevada e mais séria.

Por mais deplorável, porém, que seja a ação dissolvente do clericalismo, o mais enérgico agente, nos tempos de hoje, da dispersão dos sentimentos e das ideias, podemos permanecer tranquilos.

Mudados os tempos, a seita que prestou à humanidade o indireto favor de arduamente prová-la – criando o tumulto e os sombrios anos da Idade Média, sente que não mais terá, inerme a suas explorações, o sentimentalismo das sociedades.

Fitando na História a marcha maravilhosa do espírito humano, vemo-lo cada vez maior, à proporção que despe as velhas fantasmagorias teológicas, e, através do desmoronamento secular das crenças, persistem unicamente, inabaláveis – como pontos determinantes de sua trajetória ideal – as leis positivas da ciência.

A consciência moderna, sintetiza o mais precioso legado de dois mil anos de um árduo e contínuo esforço e os que tentam adquiri-la podem permanecer impassíveis, ante os esforços mínimos dos que por aí realizam, jogralmente, a triste legenda de *Sísifo,* tentando sobrepor-lhe à deslumbrante altitude essas velhíssimas ficções, que se caracterizam como uma imensa difusão da mitologia na História...

Pode continuar, pois, o *Brasil.*

Ainda quando todo o fervor religioso dos crentes incutisse em alguém a fortaleza e a magnífica valentia de um Luiz Venillot, o desassombrado paladino da Igreja, não se deviam perturbar os que ora se dedicam às questões mais próximas e mais sérias.

Uma outra orientação lhes determina os passos e entre as grandes esperanças que alentam-nos, anteveem – no futuro – o espetáculo feliz das sacristias e das prisões – desertas...

* * *

Em apoio ao que deixamos dito, registremos o fato mais preeminente desta semana.

Com a publicação do decreto reorganizando as Escolas Militares evidenciou-se que, pela primeira vez, o ensino oficial obedeceu à orientação vigorosa da Filosofia Positiva.

Não era possível avançar melhor para o futuro.

Impondo-se às inteligências a austera disciplina do mais elevado preceito de educação, compreendemos que afinal se constituam entre nós – mentalidades aptas à mais perfeita reflexão do mundo e da vida.

O curso geral de ciências destas Escolas devia ter uma sede mais ampla – constituindo o de todas as outras: eximir-

-nos-íamos assim ao triste quadro das nossas Academias de direito, aonde estuda-se a sociedade sem as noções das mais simples leis naturais, como se ela surgisse ilogicamente no mundo e através da Biologia, e consequentemente de todas as demais ciências inferiores, a Sociologia não se prendesse à natureza inteira.

Toda essa nossa insciência togada, toda essa gabolice de borla e capelo, a quem se entrega a Justiça, compreenderia então quão relativa é ela e os infinitos liames que a fixam às complicadíssimas condições do meio.

A engenharia, a medicina e a jurisprudência constituem especialidades, devem, pois, se apoiar numa educação filosófica uniforme, que as fortalece e desenvolve.

Demais, o que sobretudo nobilita a atividade humana é o elevado princípio – uma verdade antiga enunciada por Aristóteles – que subordina à convergência dos esforços a máxima diversidade de ofícios – não seria, pois, respeitar o pensamento do incomparável filósofo o fazer imperar, sobre as mais diversas profissões, o critério uniforme de consciências formadas à luz dos mesmos princípios?...

* * *

Fossem assim as coisas e, pela segunda vez, não nos veríamos nesta penível situação de cronista desalentado pela própria insignificância do que acontece. Entretanto atravessamos uma fase altamente própria aos grandes acontecimentos; banhados na caudal das mais fulgurantes ideias, poderiam surgir por aí os homens e os fatos – resplandecentes e grandes.

Mergulhássemos entretanto – agora – no nosso meio a pena miraculosa de Wolf, e ela não arrancaria uma ideia, por mais pobre, que caracterizasse uma feição qualquer do que existe.

Como escrever em rendilhados de estilo as velharias banais que por aí fervilham?

Fixemos rapidamente a semana.

Inicia-a o falecimento de um moço ilustre – para que rememorá-lo?

Sucedem-se as prisões de um homem sumamente desregrado e de três rapazes, de três vítimas altamente simpáticas de suas próprias paixões mal orientadas – para que discuti-las?

Será que devêssemos também explorar o engano, o desastrado engano de revisão do *Jornal* ou que, como toda a gente comentássemos a provável ascensão, amanhã, do Sr. Castro Soromenho substituindo a encantadora e correta Miss Alma a fim de – num originalíssimo renascimento da mitologia – patentear-nos o espetáculo singular de um titã de bigode encerado e sapatinhos de entrada baixa, a escalar o Olimpo?

Não, decididamente.

Façamos antes, ponto; e que a Divina Providência, a nossa antiga protetora e que tudo entre nós tem feito, se compraza em dar-nos dias melhores e mais interessantes...

II

Incompreendida e a todo o instante circulada pela jogralice insultuosa da imbecilidade triunfante, há no nosso meio uma minoria robusta, um pequeno grupo – unido e forte, que pela magnífica altitude é como que a miniatura da sociedade ideal do futuro.

De há muito concorriam para que se formasse em torno dela a mais alta veneração, os melhores elementos. De um lado, toda nossa mocidade revigorada pela ação tonificante de novas ideias, novos princípios formados sob a disciplina inflexível da ciência – de outro, o humorismo banal da nossa antiga garotagem literária, ignorante e inconsciente, circundando-a dessa troça pesada de palhaços pagos, que revolta e entristece.

Calma, tendo ante a insciência o estoicismo inquebrantável dos que têm como uma árdua e nobre missão o que para muita gente é simplesmente – a vida, ela se eleva no entanto, cada vez mais – indestrutível, como a molécula integrante em torno da qual se realizará forçosamente, irradiando as eternas cintilações das grandes ideias, a cristalização do caráter de nosso povo.

Pequena embora – realizou já em nosso século duas imensas ressurreições históricas: reabilitou ante a humanidade a alma majestosa de Danton e acaba de alevantar aos ombros do povo – imaculada e altiva, a figura gloriosa de Tiradentes.

O chefe da Escola Positiva, decorando o seu calendário imortal com o nome do audacioso chefe da Montanha, foi admiravelmente seguido pelos que melhor souberam, nas festas desta semana, elevar os sentimentos à máxima veneração, ante o indomável revolucionário da Inconfidência.

Sejamos francos; observamos de perto a procissão cívica em honra do herói; sequer a nota a mais insignificante de um entusiasmo sincero; por toda parte, a massa popular, acumulada nas ruas, regurgitando os cafés, bocejava esse velho indiferentismo, esse tristíssimo desamor às suas mais sagradas tradições, esse miserável legado da subserviência dos tempos coloniais.

Toda essa indiferença, porém, teve o inestimável valor de realçar a magnífica postura dos positivistas brasileiros.

Unicamente eles, digamo-lo sem rebuços, souberam dar a nota altíssima de uma veneração imensa à consagração dessa memória ilustre; e ainda bem que nos alenta a esperança de que eles são para nós os mais próximos representantes da posteridade e seus passos humildes e obscuros agora orientarão mais tarde, em homenagem ao nosso grande mártir, as grandes romarias das gerações do futuro...

* * *

Afinal, extinta de todo parece a assustadora celeuma levantada em torno da delicadíssima questão do ensino.

Alheios à luta, observamo-la atentamente.
Que triste decepção!...
Por uma espécie singular de endosmose, a obscuridade dos claustros parece haver penetrado os cérebros dos ascetas, que por aí nos apedrejam inconscientemente.

A altitude mesma das ideias, dessas que traduzem o zênite da mentalidade moderna e, como as luzes meridianas iluminam sem a produção da sombra, definem-nos as posições mais límpidas e mais francas.

Os que as alevantam procuram difundi-las no imenso seio da Pátria certos de que produzirão, movimentando as .alizam as correntes marinhas sobre o clima dos continentes.

No entanto, que desastrada reação produziram.

A deplorável inconsistência das fantasmagorias litúrgicas enfraqueceu-lhes a percussão poderosa e firme, transformou-a – e reagindo a seus esforços existe somente esse tumultuar de velhas paixões mal-educadas, todo esse irritante vociferar do despeito clerical.

Alimentando a esperança infeliz de pear aos erros seculares, às vãs quimeras do passado, a mocidade inteira, toda esta legião de levitas exasperados, tartamudeando um argumentar confuso e estéril esgotou o mais áspero vocabulário sobre os que aspiram a formação dos caracteres subordinada ao único sistema filosófico que sintetiza as verdades da ciência...

Arme-se alguém de coragem e leia a imprensa católica.

Verá de toda ela transudar a desapiedada intenção dos que se dedicam à criminosa tarefa da imposição de crenças; dos que sobrecarregam com essa imensa ideia de Deus – ante a qual vacilam os mais robustos pensadores – os pequeninos cérebros que ainda não sabem pensar.

E nessa faina ingrata, emocionados, nem podem avaliar o valor negativo de seus esforços...

De fato – parece-nos que não há vacilar entre eles e os que, sem afirmação ou negação da existência de um legislador supremo do Universo, têm-na contudo tão elevada, que só compreendemo-na objeto de estudo numa época extremamente remota, quando o pensamento humano conseguir um dia, abranger – através da mais extraordinária síntese – a natureza inteira...

Há, pois, uma separação fundamental entre os que há dois mil anos fazem continuadamente descer à terra o seu Deus e os que encaram-no através de um majestoso ideal, para o qual há dois mil anos fazem subir a humanidade.

Estes são de fato os dominadores do presente e sê-lo-ão do futuro pois que este é sobretudo um desdobramento da juventude de hoje, entregue felizmente, agora, à consciência mais elevada e mais pura deste país...

* * *

Isolando os dois únicos acontecimentos a que acima nos referimos: a apoteose de Tiradentes e a elevação do Dr. Benjamim Constant ao cargo de Ministro da Instrução Pública, a semana animou-se unicamente pelos mais estranhos boatos.

A prisão do Sr. Henrique de Carvalho, à qual não é possível aplicar a mais breve discussão, tão impenetrável é o sigilo que a circunda, e uma modificação ministerial – foram as fontes de onde a imaginação de muitos hauriu as mais extravagantes conjecturas.

Apontaram-se para ela coisas de tal natureza, que sua realização traduziria o mais triste escândalo, a mais desastrosa queda de uma individualidade que, bem ou mal constituída, erige-se em perto de trinta anos de lutas, muitas das quais brilhantíssimas.

O desolado estribilho com que o indomável polemista do *Globo,* em 1879, acompanhou a queda do gabinete Cotegipe se aplicaria então admiravelmente ao Ministro da Relações Exteriores da República...

Ainda bem, porém, que nos fosse afastada mais esta dolorosa mágoa e possamos filiá-la a essa singularíssima e covarde conspiração de cochichos, inerente aos estados anormais das sociedades, como a nossa, frágeis e ignorantes.

III

Felizes os que podem, através das agitações do meio, através da existência que parece a todo o instante emergir da reação contínua dos contrastes, prolongar brilhantíssima, a orientação retilínea da consciência.

Têm ante as vicissitudes a imobilidade sobranceira de Glauco envolto pelo fervor das ondas impetuosas e repelindo muitas vezes os homens, para se aproximarem melhor da humanidade, embora se lhes entenebreça em torno a vida, resta-lhes a claridade imperecível dos ideais – irradiando sobre os reveses, como sobre o tumulto e a sombra das procelas o tranquilo deslumbrameno das constelações.

Nada os faz vacilar, não titubeiam, não caem; a lei newtoniana parece estender-se também às reações maravilhosas dos seus temperamentos; reanimam-se ante a iminência do perigo e a iminência da derrota quase sempre lhes é o elemento mais poderoso da vitória.

Conhecem, sabem e comprova-o um ligeiro olhar à História – que todo o progresso, toda evolução humana se traduz afinal como o resultado da ação ativa das minorias ousadas e inteligentes sobre as grandes massas passivas ignorantes.

E agrada-lhes o isolamento, bastando-lhes para todo o encanto da vida, circundá-la com o fulgor de uma ideia.

Sugere-nos estas breves considerações a sombranceira calma dos positivistas brasileiros ante os esgares truanescos – com que ainda esta semana – os envolveu a triste imbecilidade dos que entre nós, diuturnamente escandalizam o indivíduo moderno, com uma celeração e afetividade rudimentaríssimas de pitecoides bravios.

Sem a mínima suspeição, desapaixonadamente – pois que do grandioso sistema do maior filósofo deste século, aceitamos unicamente a classificação científica, indispensável ao nosso tirocínio acadêmico – assistimos à desprezível guerrilha da chacota proterva e mortificante, estabelecida em torno dos que em meio da anarquia atual realizam este milagre: têm uma convicção.

Assistimo-la e entristecemo-nos.

Para que ostentar-se gratuitamente semelhante atentado de decrepitude moral?

Por que razão os que temem a invasão triunfante dos novos princípios, não os combatem, nobilitando-se, pelo apelo constante, à energia inexaurível das ideias?

Certamente os que seguem sem transigir os preceitos do grande gênio da *Síntese subjetiva,* não podem ser distraídos pela minudência de uma controvérsia, que tenderá unicamente a desviá-los da mais nobre das propagandas. Nós, porém, começamos apenas a construção ideal de nosso espírito, somente mais tarde conseguiremos, pela síntese de conhecimentos adquiridos, alistarmo-nos em um sistema filosófico; atravessamos, pois, uma fase ativíssima de inquirição constante à vida universal e cabe admiravelmente nos limites da nossa ação o reagir desassombradamente à brutalidade do ataque, com que meia dúzia de literatos, ávidos de escândalo e ávidos de renome – iniciam a oposição aos únicos que na sociedade brasileira sabem pensar e sabem sentir.

* * *

Repitamo-los pois, revolucionários, a luta será perfeitamente igual, tendo talvez a vantagem altamente moralizadora de obrigá-los a uma posição mais séria.

A propósito do 5º aniversário do prodigioso sonhador das *Orientais,* expandiram-se as mais desencontradas opiniões.

Uns fizeram-no um Deus, outros um rimador vulgar.

A verdade, porém, é que não assiste a mínima razão a estas opiniões extremadas.

Por isso mesmo que o temperamento apaixonadíssimo do heroico panfletário do *Napoleão le Petit* eximia-o à consideração cuidadosa e constante do meio em que agia, a sua ação sobre ele, podemo-lo afirmar, foi insignificantíssima.

Está muito longe de ser a primeira individualidade de seu século.

Nessa maravilhosa concorrência à imortalidade antepõem-se-lhe, vitoriosos, os mais brilhantes competidores.

Enquanto os mais alevantados problemas, as mais trabalhosas questões, estimuladas pelas exigências crescentes da civilização, iluminavam amplamente as cabeças geniais de Comte, Huxley, Haeckel, Darwin e Spencer, o desterrado de Jérsei expandia todo o seu imenso sentimentalismo, ou o lirismo arrebatador da sua imensa nevrose revolucionária.

Sonhador e artista – artista como os que ainda hoje dedicam-se a essas feições supremas da arte, com íntima ignorância do salutar conselho de Herbert Spencer – que as subordina a uma sólida educação científica – a sua grande alma era impotente para refletir, completas e fulgurantes, as manifestações da vida.

Entretanto tudo nos leva a acreditar que revigorado pela disciplina férrea da ciência ela imprimir-se-á de modo mais brilhante ao século que o viu nascer.

Ainda hoje – e esta consideração pode estender-se ao futuro, constitui elevado título à veneração da posteridade, para Goethe, mais do que a auréola de poeta, o ter sido o companheiro de Lamarck, em suas laboriosas investigações acerca da organização geral da vida, trabalhos dos quais deveria mais tarde, surgir, irrefutável, triunfante – o darwinismo.

O sonhador francês, porém, nunca se demorou ante a contemplação aprofundada da natureza; fitou-a através de sua fantasia caprichosa; tentou amoldá-la às extravagâncias, muitas das quais brilhantíssimas, da sua imaginação irrequieta e os resultados de tudo isto foram os aplausos efêmeros que o circundaram e a aparição dessa espécie notável de adeptos, admiradores, que combatem-no e adoram-no, que como de Amicis apedrejam-no... ajoelhados.

É no entanto, apesar disto, impossível negar-lhe altitude.

Para engrandecê-lo basta-lhe a grandeza do próprio coração tantas e tantas vezes aberto à dor universal.

IV

Fundou-se esta semana o partido católico e alentados pelas magias da fé, encerraram os crentes a sessão inaugural, colocando-se sob a égide da infalibilidade papal.

Se sobre os destinos da seita cristã imperasse a cabeça olímpica de Gregório VII, a bênção implorada não viria, descendo do sólio pontificial, enrijar as almas dos que assim se agremiam, aprestando-se para a luta.

O sombrio rival de Henrique IV, que abalava com um gesto os velhos tronos medievais e determinou a altitude máxima a que poderia atingir a hegemonia de Roma, veria unicamente em tudo isto o mais franco sintoma de decadência religiosa.

De fato – o que denotam os que, arrebatando à religião do Cristo a sua feição suavíssima e profundamente humana, inscrevem-na às agitações, à anarquia dissolvente das facções partidárias?

Descreram de seu império real sobre a sociedade; sentem-na ruir ante o embate dos que se alevantam – rígidos e invencíveis – porque sabem identificar às leis inflexíveis das ciências as mais ousadas expansões do ideal – e

para que ela não caia, para que de todo não se extinga, supondo dar-lhe em força o que perde em altitude, restringem o campo da sua ação, transformam-na em um partido que irá, amanhã, às urnas, que pleiteará eleições e que bater-se-á, é inevitável isto, nas guerrilhas deprimentes da cabala...
Profundamente contristador, tudo isto.

Guardamos pela figura lendária do sonhador nazareno a veneração, o amor inextinguível que temos pelas utopias extintas, companheiras das horas despreocupadas da mocidade e forçadas a perecer mais tarde, dissolvidas no fulgor da própria consciência, mais sólida e racionalmente constituída.

Se, prematuramente, não nos inclinássemos – através da experiência e da observação – a fixar a feição positiva da vida, inquirindo-a instantemente com a linguagem eterna das leis naturais, é bem possível que acreditássemos ainda ter – majestosa – sobre o misérrimo átomo da nossa individualidade, a mesma mão que alevanta, no seio do infinito, os mundos...

E se assim fosse, que triste desilusão agora! Para nós a religião – afastando-a dos domínios da moral e encarando-a sociologicamente – é o elemento mais vigoroso da solidariedade humana. Nas épocas anormais sobretudo, somente ela pode eficazmente reagir à desagregação fatal das ideias e dos sentimentos, constituindo-se o centro de atração de toda a imensa afetividade dos povos.

Particularizando à religião cristã esta proposição geral – vemo-la, através da História, como um dos melhores transmissores dos trabalhos das gerações extintas – embora entenebrecesse a Idade Média com o sombrio cenário da Inquisição; sacrificasse a Itália à sanha insaciável dos *guelfos,* mortificando em seu seio o seu melhor poeta, escandalizasse o sentimento humano com o quadro das Saint-Barthelemys; embora os seus mais divinizados luminares se alevantassem nos púlpitos, vibrantes de rancor, explodindo a selvagem eloquência do extermínio – como para citar somente um exemplo, o bispo Bossnet, fazendo a apologia das Dragonadas!

Apesar do seu conflito secular com a ciência, todas as vezes que esta aniilava ante a verdade indiscutível de uma lei natural, uma ficção qualquer da Bíblia e amargurasse a alma brilhantíssima de Galileu, a fim de encobrir a velha mentira de que se revestiam as problemáticas façanhas de um caudilho judeu; apesar de escandalizar, deprimir assustadoramente o gênero humano, a lei natural de hereditariedade determinou-lhe muitas vezes a ação, e é forçoso confessar que algumas vezes ela estabeleceu a ressurreição das crenças, salvando-as aos grandes cataclismos da História.

E a razão disto estava na máxima generalização de seu objetivo.

Tendia à conquista grandiosa das almas. Eivada de absurdos embora, odiosa muitas vezes, falsíssima sempre – o que é certo é isto – nunca enfraqueceu-se, diferenciando-se nas estreitezas as dissenções partidárias.

E parece ter sido esta a preocupação capital dos seus chefes. Desde o pontífice mais nobre – e não sabemos qual seja – até Alexandre VI, o Bórgia sombrio, o sombrio incestuoso.

As ordens constituídas irradiavam sobre o mundo, disseminavam-se através dos partidos e das castas – agitando os dogmas da fé e realizando a harmonia das crenças por sobre as mais radicais cisões partidárias.

O que querem agora os corifeus do catolicismo?

O contrário, diametralmente.

Reduziram-no a uma partida, restringiram-no supondo talvez provir disto uma condensação de forças? Quando, pelo contrário, pearam-no desastradamente às oscilações de uma sociedade em desequilíbrio e que reconstrói-se sob a dinâmica valente das ideias.

Não é lícito pois duvidar do destino que o aguarda.

Subordinado fatalmente à lei inflexível da concorrência vital, que orienta não só o vasto desenvolvimento da vida objetiva, como a marcha iluminada das ideias – aliá-lo assim, diretamente, às ações do meio equivale a condená-lo a perecer.

O partido ultimamente criado é uma molécula destacada do catolicismo brasileiro: primeiro sinal de desagregação. Amanhã, a febre altíssima das paixões políticas abrirá dentro desse partido as primeiras cisões: – sinal infalível – de decomposição.

E a velha religião de nossos pais, que tem lentamente descido, à proporção que sobe a consciência humana – acelerará a desastrosa descensão.

Cairá.

* * *

Foi, afinal, este o fato capital da semana. Nem parece que constituímos uma sociedade esforçando-se para adaptar-se a novas condições de existência.

Desconfiamos que dos agentes da evolução geral ela participa unicamente da hereditariedade – atualmente calamitosa – pois prolonga desastradamente aos dias da República toda a velha insciência, a marasmática atonia e o tradicional desalento, de que por tanto tempo pejaram-se os ronceiros anos do Império. Não há por aí um sintoma sequer de vitalidade – enérgico, brilhante e fecundo...

Diante de tudo isto, o que há de fazer um obscuríssimo estudante de matemática, um exíguo *Lagrange mirim*, estonteado no dédalo intrincado dos *dy*, embaraçado nas sinuosas aspérrimas das integrais?

Cruzar os braços e deixar que indiferente bata-lhe no peito, isocronamente, o coração – com a monotonia e a insensibilidade material de um pêndulo...

Terminemos despedindo-nos de Aníbal Cardoso.

O moço ilustre, que ontem seguiu em demanda do Velho Mundo, pode ser qualificado como o ministro plenipotenciário da honra e do espírito de um povo, junto à civilização europeia.

Não exageramos.

Acordarão nisto todos os que o conheceram de perto e viram-no, lentamente, heroicamente, construir a própria individualidade – por um contínuo apelo à própria energia.

Restrinjamo-nos a estas ligeiras linhas, a fim de salvarmo-nos a posição incômoda do elogio merecido e tendo talvez o altíssimo valor de não ser lido nunca.

Democracia, Rio de Janeiro, 12 abr., 26 abr., 25 maio, 2 jun. 1890

DA PENUMBRA

I

É um título bizarro, convenham, mas precioso.

Por estes tempos maus de agitações infrenes, cômoda é a feição contemplativa dos que se recolhem à meia-luz da obscuridade e veem de longe o préstito diabólico das paixões.

Os brados das *mazorcas,* as visagens, truanescas dos conspiradores *à la minute,* que doidamente se agitarão nos liames da própria insânia, tudo o que vibra e urge, aí embaixo, no *rez-de-chaussée* da política e do bom-senso, chega-lhe aos ouvidos

Como o rumor das asas de um inseto...

segundo o belo hendecassílabo de não sei que poeta.

E de fato; como fixar a orientação de um princípio nesse espantoso caos que por aí tumultua assustador, de ideias que não têm vigor e de homens que não têm ideias?

Já fomos oposicionistas; já realizamos diuturnamente a tarefa inglória de Sísifo, tentando sobrepor à imensa mole monárquica o ideal republicano. Nesses bons tempos, porém, era purificadora a incandescência da luta, retemperava-se em seu fervor o aço inquebrável das convicções, e como éramos uma minoria e vivíamos isolados como as águias, criávamos em torno essa maioria subjetiva de ideias, que se deriva das páginas dos livros...

Mas, hoje? Que faz toda essa gente que por aí reage contra não sei o que e perdendo a pouco e pouco a postura magnífica dos valentes, descamba para os lugares-comuns de um gongorismo retumbante ou agita doidamente os guizos da troça, numa alegria incompreensível de bugios satisfeitos?

* * *

Li algures, não sei em que escandalosa crônica de Paris, que Louis Veuillot – o formidável ultramontano – quando sentia-se combalir nas violentas discussões que sustentava, ao invés de revigorar-se pela meditação, dirigia-se complacentemente aos mercados da grande cidade.

Aí, sob um pretexto qualquer, levantava uma questão com as pouco parlamentares mercadoras.

A consequência era fatal e assustadora.

Sob a forma a mais pitoresca estrugiam em torno do velho panfletário as mais arrepiadoras injúrias.

Calmo e feliz – Louis Veuillot, então, abria a carteira e a lápis anatova o desenfreado vocabulário das megeras furiosas.

Pobre do adversário que estivesse nessa ocasião a braços com o inexorável obscurantista...

No outro dia – intactas – as mais grotescas hipérboles do rude *argot* parisiense caíam-lhe, bravias, redondamente, em cima – como argumentos únicos e supremos e esmagadores...

* * *

Não sei que singular associação esta que tão inoportunamente projetam no curso das considerações que fazia a desairosa *silhouette* do grande amigo de Pio IX.

Não pretendo estabelecer um símile tão perigoso e logo

no início de uma secção. Há uma grande distância da contemplação concreta de um fato à verdade que dele se deriva pela meditação indutiva e eu sou essencialmente contemplativo...

II

Sejamos otimistas. É um dever isto para os que envelheceram a mocidade trilhando as ásperas devesas, a abrupta e alcantilada estrada da propaganda democrática. Não vejamos, como os cronistas elegantes da oposição, um fantasma de Napoleão III no Sr. Floriano Peixoto, para fugir ao qual precisamos dum espantoso Sedan de esperanças e antigos ideais...

Quando mesmo, por uma espantosa aberração mental, unicamente admitida numa hipótese ousada, o velho marechal se deslumbrasse a tal ponto pelas magias do poder – nem tudo estaria perdido: restariam inexoráveis e heroicos contra o déspota, os mesmos princípios que o sustentam.

Acostumados a uma espécie singular de revoluções feitas de flores e hinos triunfais, adoráveis revoluções que se desfazem em passeatas e discursos e onde só há uma coisa assustadora – prurido tribunício dos Desmoulins indígenas – ou os ferventes ditirambos com que se rimam depois os perigos problemáticos da jornada, acostumados a isto, o nosso sentimentalismo doentio e burguês agita-se lamentavelmente ante os atos vigorosos e inexoráveis, que traduzem sempre a marcha desassombrada de uma ideia.

E tudo isto é natural e irremediável.

Supõem por acaso, os nossos intransigentes adversários, que a marcha do sistema social faz-se como a translação dos sistemas invariáveis da mecânica, sob o impulso de leis determinadas e positivas?...

Têm a feliz ingenuidade de acreditar que sejam os artigos da Constituição – leis necessárias e fatais, quando a sociologia, apenas esboçada, não pode realizar a previsão no campo dos fenômenos que estuda?

Não acreditam certamente: antes sabem que a elucidação desse problema vai constituir a mais dura tarefa do futuro.

Demais, a história, a comparação histórica, não nos aponta o fato de um povo que não tenha – em sua organização definitiva – pago um doloroso tributo de sangue e demoradas agitações.

Foram precisos doze anos, doze anos malditos de privações e lutas, aos Estados Unidos para, amparados de um lado pela grande alma de Washington e de outro pelo gênio de Hamilton, formarem a Constituição à qual devem um século de prosperidades.

Ainda assim – à luz de um código fundamental, cujos artigos, lentamente – um a um – foram calcados sobre as necessidades que surgiram – para realizarem mais tarde, através dos horrores da secessão, a reforma abolicionista, foi preciso que ao espírito brilhante de Lincoln se aliasse o brilho da espada de Ulysses Grant.

As sociedades, como os indivíduos da vasta série animal, obedecem a uma grandiosa seleção, para o estudo da qual já se fez preciso que apareça um Darwin ou um Haeckel.

As duas leis fundamentais da adaptação e da hereditariedade atuam sobre elas numa escala maior, mais difícil de perceber-se e o progresso, resultante inevitável das ações simultâneas desses dois fatores, nem sempre, em princípio – se manifesta de modo a satisfazer a mórbida afetividade de quem quer que seja.

Presos, vinculados ainda pela hereditariedade ao passado regímen, toda essa agitação que por aí vai, toda essa luta entre o que éramos ontem e somos hoje – é a luta pela adaptação aos novos princípios, princípios que atingiremos lenta mas fatalmente...

Sejamos otimistas, pois.

Tudo o que por aí tumultua num aparente caos de agitações e revoltas é o reflexo de uma vasta diferenciação, através da qual se opera, majestosa, a seleção do caráter nacional.

A ideia republicana segue sua própria trajetória – fatal e indestrutível como a das estrelas – e bem é que lhe demarque o caminho percorrido a triste ruinaria das coisas e dos homens que não valem nada.

III

Acabo de ler uma página iluminada de Spencer, em que o eminente evolucionista – como bom filósofo crente na perfectibilidade humana – vaticina uma idade de ouro, durante a qual por um mais dilatado domínio das forças naturais se satisfaçam mais facilmente as necessidades imperiosas da existência e menos assoberbada de trabalhos, tenha afinal a humanidade tempo de aformosear a vida, pela contemplação do belo na natureza e na arte.

O ilustre mestre deixou-se arrebatar demais pelas tendências profundamente humanas de seu grande espírito.

O *struggle for life,* a fórmula majestosa da nossa elevação constante, terá a mesma feição autoritária e fatal, embora atuando entre os deslumbramentos da mais alta civilização.

O grande domínio do homem sobre as forças naturais, a que ele se refere, é ilusório, ante o princípio geral da relatividade.

As forças ou leis descobertas criaram fatalmente a necessidade de outras e a humanidade – se tornando cada vez mais forte, para uma luta cada vez maior – realizará através dos séculos a dolorosa lenda de Ahasverus, subjugada às leis que a impulsionam, com o mesmo fatalismo das que fixam no espaço a órbita dilatada do insignificante planeta qua a conduz...

Não descansará. Aproximar-se-á da época sonhada pelos filósofos como as assíntotas do ramo desmesurado das hipérboles – indefinidamente sem nunca atingi-la.

Decorem-na embora os sábios – os incruentos batalhadores que vão através das inúmeras modalidades da existência geral, em busca da verdade – com a cintilação imperecível das leis descobertas ou com as dádivas preciosas da indústria – cada uma destas conquistas é um estimulante enérgico para outras mais ousadas e difíceis.

O mito de uma época ideal toda de paz e descanso afasta-se à proporção que adquirimos meios de atingi-lo e a moderna civilização europeia por exemplo – dista tanto dele quanto a barbaria medieval.

O que se dá – assim de um modo geral, no vasto conjunto humano evidencia-se ainda mais limpidamente, pela consideração especial de cada sociedade.

Cada uma conquista realizada tem, inevitáveis como corolários, outras, relativamente iguais e realmente mais difíceis.

Pelo que nos diz respeito ascendemos rapidamente, vertiginosamente mesmo, pela reforma social da abolição e pela transformação política da República, a toda a deslumbrante grandeza da civilização atual.

Não é para espantar, pois, a ninguém, que o Governo, por mais sólida que seja a sua vontade e correta a sua postura ante o dever – lute para debelar a crise que nos assaltou e que é no entanto tão natural como fenômeno fisiológico da *vertigem,* nos que atingem rapidamente as grandes altitudes.

Seria realmente adorável, mas ilógico, que a República feita num quarto de hora de audácia – fizesse de pronto a grande felicidade da pátria e não tivéssemos agora, ameaçadores e constantes partidos da sombra, os brados desses que não foram vistos ontem entre os clarões da batalha.

Todo esse acréscimo de fadigas e trabalhos, que requerem a pertinácia estoica dos crentes e dos fortes, há de entretanto ceder, embora não se extingam com ele os que impõem à República a grandeza dos seus próprios destinos.

Ainda bem que o Governo tem a impassibilidade magnífica de Glauco, ante o referver das ondas estrepitosas de ódios e velhas ambições malogradas, que vão lhe estourar aos pés.

Elas passaram afinal – inofensíveis e estéreis e os tristes cavaleiros andantes da discórdia, que se agitam por aí a braços com os moinhos de vento da tresloucada fantasia, choraram afinal sobre a niilidade dos dias sacrificados a uma agitação infecunda.

O Estado de S. Paulo, 15, 17 e 19 mar. 1892

DIA A DIA

I

É fácil esta luta de guerrilheiros, com o aproveitamento de todas as encostas, de todos os barrancos ocasionalmente oferecidos e oferecendo continuidade ao inimigo, como suprema tática – o deserto.

É o extremo recurso dos fracos que procuram a vitória – um vasto fracionamento do combate.

Para isto todas as armas são úteis e todos os companheiros bons.

Esta luta singular em que se vence afinal ao vencedor, pela niilidade das próprias vitórias, tem na história as mais disparatadas feições.

Romanesca e gloriosa, salvando a Espanha – onde a legenda napoleônica iniciou a sua página dolorosa –, ela é selvagem e condenável na Vendeia, transformada inteira numa emboscada – ante os homens de 1889.

A Vendeia preocupava mais aos grandes revolucionários, do que a Europa inteira apresentando-se a despenhar-se sobre a República, numa avalanche de lutas formidáveis.

Enviaram, para abatê-la, o seu melhor general, Hoche; e o grande exército, que mais tarde passearia triunfalmente pela Europa, recebeu a sua mais larga cicatriz, daqueles adversários impalpáveis, que punham-lhe em frente uma única trincheira – a sombra misteriosa das suas florestas.

A República brasileira tem também a sua Vendeia perigosa.

Não fazemos, nesta aproximação histórica, a injustiça de compararmos em tudo, aos perturbadores de hoje os rudes bretões, que se fizeram os últimos cavalheiros da velha monarquia derruída, enquanto abrigava-se no estrangeiro, acobardada, a aristocracia francesa.

Rebelados e ousados, extinguindo, numa desordem maravilhosa, a admirável simetria dos batalhões republicanos, procurando a vitória através dos incêndios e das ciladas – ligava-lhes entretanto os corações o liame indestrutível de um sentimento comum.

Não encontramos isto nos que, unicamente pela maneira por que perturbam o começo da República, se equiparam aos heroicos vendeianos.

Falamos da maneira a mais geral.

Se houvesse uma ideia, um princípio, um objetivo qualquer, o mais insignificante, do lado dos que – de norte a sul do país – parece terem tomado a deliberação infeliz de sistematizar a anarquia – à luz dessa ideia ou desse princípio, por mínimo que fossem – já se teria travado a discussão mais franca.

Nada disto, porém.

Existe apenas a determinação de atirar por terra tudo o que está feito; o desalojar as posições, para realizarem um único ideal – ocupá-las.

E a propósito disto, diuturnamente, os despiedados prelos realizam o esmagamento do bom-senso ou remoem uma estafada retórica revolucionária, expluindo de umas velhas frases sonoras e vazias.

Estabelece-se, francos, a exploração e aproveitamento dos menores acidentes, muitos dos quais naturalíssimos, nessa grandiosa translação de toda uma sociedade para um regímen melhor.

Ainda há pouco acirrou-se escandalosamente o sentimentalismo do povo acerca de um fato insignificantíssimo;

foi mesmo tentada uma questão religiosa e não se assustaram eles ante a eventualidade do grave aparecimento do clericalismo – o constante pesadelo de Gambetta quando restaurava a França.

E assim seguidamente, aliados de todos os males que surgem, o mínimo incidente que aparece é como seteira, de onde nos espingardeiam.

A República vencê-los-á, afinal, como a grande revolução à Vendeia, com uma diferença fundamental porém – a glória do republicano francês foi verdadeiramente brilhante, graças à própria grandeza dos vencidos...

Quando porém, entre nós, no último barranco esboroado, rolar o último adversário, nós que não temos dedicações pessoais no governo, como se insinua deslealmente, que vemos nos homens do poder símbolos abstratos da realidade, dos princípios que adotamos, nós não teremos o triunfo, mas uma triste lição acerca de todos os perigos, capaz de produzir a indisciplina dos sentimentos e das ideias.

Que nos sirva de consolo este ensinamento por vir – já que no presente invade-nos a máxima tristeza, vendo transportado para as lutas ideais do pensamento a tática extravagante de substituir a batalha – por um vasto, um indefinido, um profundamente doloroso deserto tristíssimo de ideias...

II

Seguimos com a pátria para a eminência fulgurante do ideal republicano, como quem vigia a abrupta e aspérrima encosta de um vulcão andino...

À medida que sobe, atravessando sucessivamente todos os climas da terra, distraído pela rápida mutação dos grandes panoramas, desde a flora exuberante do equador à vegetação rudimentar dos polos, o naturalista adquire um novo encanto em troca de um maior perigo.

E quando bem alto, envolto na reflexão maravilhosa das geleiras, o assalta todo o deslumbramento das grandes alturas iluminadas e um desmesurado horizonte incita-lhe os mais ousados sonhos à fantasia, é-lhe preciso calar o brado entusiástico que lhe irrompe do peito, para que se não despertem as avalanchas impetuosas, adormidas em torno, uma passividade traidora.

Nós vamos assim.

Arrebatados, como todos, na impetuosa corrente dos ideais modernos que se aprestam, nesta agitada véspera do século XX, a todas as conquistas da atividade humana, inscrevemo-los contudo no círculo inextensível de uma política conservadora e altamente cautelosa, única capaz de evitar a perda, a dispersão dos princípios e ideias já adquiridos.

Da mesma sorte que a mais ligeira oscilação atmosférica transmuda a silenciosa calma das grandes altitudes numa tempestade violenta – compreendemos todos os perigos que existem, de uma maneira implícita, nos incidentes os mais insignificantes.

Subordinamo-nos pois – com uma constância inquebrável – a esta orientação, a única apta para conduzir-nos, sem maior perigo, ao futuro.

Não se pensa porém assim unanimemente. Há uma nota tristemente discordante, destoando nesta harmonia de sentimentos e ideias e capaz talvez – de produzir os mais lamentáveis desastres.

Antagônicos aos que, cientes de toda a delicadeza do atual período – envidam o máximo esforço para que se realize afinal o indispensável equilíbrio das ideias, dos interesses e uma aspiração política comum – levantam-se a todo o instante, açulando a discórdia, os que têm todo o interesse na perturbação geral.

Segundo notícias ontem recebidas, alguns generais – intimaram o Vice-Presidente da República, para realizar quanto antes a eleição presidencial.

É um fato contristador, este.

É realmente lamentável que a agitação que até pouco tempo se desmoralizava, pelos próprios agitadores, tenha agora o apoio de nomes conhecidos de homens, que já tiveram prestígio.

Não acreditamos, entretanto, que se levantem as avalanchas que tememos – na altura em que nos achamos.

É preciso porém que o governo, fortalecido pelo prestígio inegável da lei, seja inexorável cumprindo-a.

Na fase atual qualquer vacilação na repreensão dos crimes políticos é pior por sua vez um crime maior.

Seguiram já para as amarguras de um prestígio os rudes e inconscientes revoltados, de cuja boa-fé se ludibriou tristemente para uma revolta abortada.

Sofremos consequências de um ataque criminoso às leis e à ordem; tivemos entretanto a atenuante da própria rudeza.

No caso presente o atentado contra a ordem é maior, graças ao prestígio mesmo dos que o fazem.

É preciso que se faça sentir quanto antes por parte do governo a repreensão mais enérgica para que não continuemos por mais tempo à mercê de todos os desmandos, de toda a insânia e toda a desorientação dos que não temem a enorme queda – nossa e da pátria.

III

O Manifesto dos generais, com tanto açodamento aceito pela oposição, é de uma incoerência pasmosa.

Não resiste à mais vulgar análise. É um erro, e, o que é mais sério – um crime.

Começam pedindo ao governo o termo da intervenção militar, e não se lembram de que o fato mesmo desse pedido, revestido do valor de uma alta hierarquia de classe, constitui, por si mesmo, uma intervenção bastante séria na ação governamental; é, pois, uma incoerência.

Recordam o estado anárquico dos Estados e o critério que devem possuir de homens experimentados, numa longa vida sulcada de lutas, o próprio critério que têm deve convencê-los de que puseram, por esta maneira, ao lado da anarquia – sempre pronta a explorar tudo –, implicitamente, um prestígio que fora melhor se aplicasse a intenções mais aproveitáveis; é, portanto, um erro.

Terminam pedindo a eleição presidencial; não discutimos esta questão agora – a verdade, porém, é que um tal pedido, feito ostensivamente, embora sob uma forma respeitosa, é um atentado à ordem, é mais um balanço em toda a agitação que por aí vai; é, nas quadras normais, uma falta disciplinar, no período gravíssimo, porém, por que passamos – é um crime.

Suponhamos que o governo cede a esta imposição disfarçada; procuremos por uma demonstração *ad absurdum* a evidenciação do próprio absurdo que pretendem.

Ante esta subordinação à força, desmoralizar-se-ia, abdicaria, abandonaria forçosamente o poder. A legalidade, a extralegalidade, restaurar-se-ia, mais uma vez, graças – não esqueçamos isto – à intervenção militar. Como consequência inevitável – nova anarquia nos Estados, novas reações, novas lutas ainda mais intensas, até que se fizesse precisa uma hiperlegalidade, oriunda da mesma fonte, em substituição da extralegalidade combatida...

E neste deplorável círculo vicioso, voltando sempre, para corrigirmos um erro, ao começo do mesmo erro – teríamos uma tristíssima acumulação de desastres, quando o que precisamos e o que queremos é a larga estrada ascensional, e retilínea, que nos afaste de tudo isto.

O governo não cederá, porém; cerca-o impenetrável e magnífica uma barreira ideal – o fulgor das espadas e dos espíritos mais heroicos e desassombrados da pátria.

Abandonar, em meio, à missão reconstrutora, equivale a romper, ilogicamente, a solidariedade que mantém com a feição nobre da nossa nacionalidade.

Subordinar-se a imposições de quem quer que seja, por mais encobertas que sejam, equivale e decretar, tacitamente, a própria fraqueza.

Permitir o impune campear dos que, por quaisquer meios, imprimem estimulantes à anarquia dispersiva – que é o inimigo comum – equivale a faltar à sua missão principal, é, moralmente – extinguir-se.

O governo não cederá e prestigiará a lei.

Um número fatídico de generais não profanará a data, por vir, do próximo dia da nossa inteira regeneração política e social.

Volvam em torno o olhar todos os demolidores, os que por uma cisão estabelecida com as aspirações comuns realizam o fato estranho de se expatriarem sem o abandono do país – e verão que os dedicados à atual ordem de coisas têm a predisposição heroica dos predestinados – e são, em meio das lutas do presente, como a síntese, a miniatura da grande nacionalidade brasileira do futuro.

IV

Mocidade caturra, a nossa...

Somos, no banquete espiritual, uma espécie de importunos convivas, corretamente vestidos de preto, em que a fronte moça se perde nas rugas de uma velhice precoce e o gesto comedido e austero é quase um escândalo, ante o despreocupado donaire, o desempeno feliz, toda a inquieta elegância dos voltairianos *fin de siècle*, dedicados heroicamente à oposição sistemática.

Arredados por outras preocupações – tudo o que vibra e vive em torno, chega até nós como um eco, um eco longínquo, incapaz de imprimir-nos à inervação a prodigiosa dinâmica dos sentimentos, através da qual simultaneamente esvai-se e se regenera-se a vida.

Tumultua a sociedade; e enquanto eles – os fortes, os felizes, os moços – os analistas incansáveis do nosso meio – aproveitam afanosamente tudo o que ascende da vasa, graças à fermentação geral – nós, os velhos de cabelos pretos, seguimos a parábola ousada de uma utopia, indiferentes ou irônicos.

Mocidade caturra e ingrata.

Há poucos dias se expandiu lírica e dolorosamente a sentimentalidade geral; não criminosa e bárbara se erguera crispada sobre a fronte silente do Cristo; o telégrafo, vibrando eletricamente a comoção geral, transmitira aos mínimos recantos do mundo o espantoso crime; agitou-se no túmulo a carcaça desguarnecida de Torquemada; os réus confessos de ateísmo fizeram-se Madalenas soluçantes e trocaram, por momentos, os altos coturnos pretensiosos pelas sandálias humílimas dos penitentes; fez-se precisa a reparação, e a reparação se fez – amplamente – com as tochas, convictamente vibradas, nas costas de meia dúzia de infiéis rebeldes; e no meio de tudo isto, nós, ou tivemos uma ironia esfaceladora, farpeando, despiedada, aos crentes de última hora, *capazes de pintar bigodes no rosto imaculado de Maria*, ou a razão frigidíssima, condenando o fato em si e os seus inquietos exploradores.

Ontem novo gérmen de comoção geral. Entrada triunfante de uma falange regeneradora, envolta numa grande onda de luz, destilada de velhas espadas, brunidas no revérbero quente e fulgurante das batalhas. Expluíram ditirambos apaixonados. Vasto renascimento de esperanças estioladas. Uma magnífica aura guerreira – feita de vibrações heroicas de clarins, rutilações de metralha e resfolegar ruidoso de heróis – iniciou-se majestosa. O Grande Velho desceu de Petrópolis e o câmbio, o cobarde e incorruptível fiscal da confiança estrangeira, apresentou-se, aterrado, para um salto descensional e grave.

E enquanto tudo isto se dava, quando por uma espécie notável de endosmose uma grande febre de lutas penetrava as veias dos mais indiferentes – nós não tínhamos a postura, a linha admiravelmente romântica deles, dos valentes, a nossa vida não oscilou, combalida, num grande desequilíbrio do sistema nervoso – antes, num impulso perfeitamente burguês e prosaico, voltamo-nos para esta velharia – a lei.

Dois fatos capitais, de transcendente importância – inteiramente perdidos.

Decididamente somos ingratos, caturras e despiedados.

V

A situação é esta: de um lado, um grupo de indivíduos que intenta a subversão da ordem, e, de outro, um governo que se faz respeitar.

Estão definidas as posições. Não, porém, à luz de uma ideia ou de um princípio político.

Muito recente, a política republicana não teve ainda tempo de diferenciar-se em partidos.

Há uma causa mais geral e profunda, justificando o aparecimento constante dos que, tão lamentavelmente, rotulam todos os nossos defeitos, os mais condenáveis.

As sociedades, como as espécies, evoluem através de um perene conflito entre o adaptar-se a novas condições de vida e a hereditariedade conservadora, que as contrabate e repele. Ora, a adaptação ao regímen democrático é uma coisa difícil; torna-se portanto mais cômodo, aos que se forram ao império de uma orientação segura, o entrarem para as agitações políticas com todas as qualidades adquiridas.

A sociedade monárquica não nos legou, certamente, esse respeito ao prestígio da autoridade, mais necessário ainda às repúblicas do que ao cesarismo.

Ela não nos ensinou a vermos, numa admirável harmonia com as leis, a única força dos que governam. Daí, esta tendência para assaltá-las, esta nevrose de desmoralizá-las hoje – no seio da República –, onde são inexoráveis e soberanas.

Daí, toda esta intermitência de crise e o aparecimento dessa espécie de criminosos – vítimas dos que atiram contra a estabilidade do meio atual, inconscientemente quase, impulsionados pelo meio anterior.

E uma coisa que se dá, no início de todas as reformas e a anistia, que nestas ocasiões quase sempre ampara os agitadores vencidos, é, verdadeiramente – uma absolvição dos erros do passado, que eles representam.

Felizmente, estes vícios hereditários, breves, se extinguem – por isto que, mesmo pelo muito depauperarem os que herdam, facultam-lhes as maiores derrotas.

Evidenciou-se isto agora.

Toda uma conspiração – incubada há meses, que aliciara adeptos em todas as classes, que se construíra recrutando todos os ódios e todos os despeitos e tivera afinal artes de se decorar, no último momento, com a auréola de um herói – explodiu – com o resultado negativo de entregar à justiça que a realizaram.

É uma coisa nova; parece que estamos destinados atualmente a fornecer casos originais à história. Esta aponta-nos inúmeros fatos de revoltas esmagadas, sob cargas impetuosas de regimentos e explosões de metralha; é novo porém o fato de uma conspiração que sai à rua e se dissolve a pranchadas, como uma arruaça qualquer de irresponsáveis.

Seria, entretanto, uma inverdade dizer que falta a muitos dos atuais perturbadores altivez ou coragem individual; a verdade, a tristíssima verdade, exuberantemente comprovada, é que nada existe capaz de debilitar mais os fortes, do que o agremiarem-se sem a fortaleza moral de uma ideia.

A união, nestes casos, faz a fraqueza; aumenta a intensidade do atentado, na razão inversa das probabilidades de vencer.

A vitória do governo não desperta hinos triunfais – foi a correção de um erro e realizou-se felizmente, com extrema facilidade.

Que o afastamento temporário dos agitadores faculte a consolidação da ordem e o alevantamento desta pátria digna de melhores dias.

VI

Há cinco meses festejava-se o segundo aniversário da República.

Desperta pelos hinos marciais a população da capital se alevantara festiva, estacionando desde mui cedo no local destinado à grande festa.

Ali, refletindo todo o brilho de um sol, ardente de estio, nas límpidas baionetas perfiladas dos batalhões em linha, havia como que uma explosão silenciosa das flamas ofuscantes.

Parecia deslembrado um grande crime.

Apenas uma ou outra fisionomia torturada, de rebelde impenitente, destoava da alacridade comum. Nas janelas do Quartel-General, onde dois anos antes se aprumavam as estaturas dos rebelados vitoriosos, ostentavam-se, ridentes, grupos formosíssimos de moças curiosas. E o povo, aquele feliz e despreocupado povo fluminense, tumultuava na vasta praça – à espera da diversão prometida.

Admirável dia aquele – ardentíssimo e claro –, defluindo, caindo, iluminado como uma auréola, de um firmamento sem nuvens.

Era impossível haver mais resplandecente gambiarra, para a sombria farsa que se ia desdobrar – a comemoração da vitória democrática, em pleno domínio da ditadura...

Esta consideração, porém, não ensombrava o espírito da maioria, não entibiava a alegria fácil da grande massa de indiferentes; o que a preocupava, esporeando-lhe rispidamente a paciência, era o desejo, um grande desejo desenfreado, de contemplar o velho marechal, que, num ímpeto de energia, vencendo a dispneia estranguladora, ali apareceria em breve.

Quando, porém, a nota estrídula dos clarins o anunciou, e a artilharia alçou a voz atroadora e através de um vasto perfilar de espadas – ele apareceu –, houve um contraste extraordinário entre o que se esperava e o que se viu...

Não era mais a admirável figura de herói, dominadora e ousada, feita para modelar todo o espírito cavalheiresco e heroico de um povo.

Pálido e alquebrado – no meio de um estado-maior deslumbrante –, o olhar velado de tristeza, era a sombra, nada mais que a sombra do Marechal Deodoro – que dois anos antes, naquele mesmo lugar, vencera o seu mais glorioso combate e se transfigurara imortal – no meio de ovações delirantes.

* * *

Sugerem-nos esta vaga reminiscência, as notícias contristadoras, que chegam da Capital Federal. Sem o querermos, vemo-lo através do seu último triunfo, tristíssimo triunfo antagônico a toda a passada grandeza de herói – porque a morte que o assalta agora é como que o seu complemento indispensável.

Por maior que seja a nossa emoção, não a sobrepomos à verdade. Embora nos custe, calamos este sentimentalismo extraordinário que nos caracteriza e que é como uma perene emboscada ao juízo austero da consciência.

Naquele dia o ilustre soldado se incompatibilizara, irremediavelmente, com a existência da pátria, que lhe deve, no entretanto, muito. E ele tinha talvez consciência disto; os que o sacrificaram despiedadamente prepararam-lhe um triunfo inglório e, no meio de tudo aquilo, ele passou – com a tristeza profundamente dolorosa de um vencido.

Hoje está entregue à justiça da História. Do inquérito feito sobre a sua existência notável ressaltam – a época grandeza dos combates, as expansões magníficas do brio, a aurora fulgurante da República – e um erro!

Este, porém, por mais condenável que seja, não pode refluir sobre um passado ilustre. Não se pode constituir como o coeficiente de redução de uma existência. A responsabilidade do crime de 3 de novembro além disto cai com mais vigor sobre as cabeças de cúmplices que não terão, infelizmente, de prestar contas à posteridade – visto não passarem do aniquilamento da vida objetiva, que tanto deslustraram. Demais, ele que era bravo e poderoso, fez, para atenuá-lo, no fim da sua longa vida de guerreiro, o que não fizera nunca ante o horror das batalhas: – recuou.

Recuou, quando poderia ter lutado e talvez vencido.

A sociedade convulsionada do presente não pode definir-lhe a gloriosa existência.

O que se pode, porém, afirmar, desde já, antecipando o juízo do futuro, é que a sua entrada em nossa história engrandece-a.

VII

Este início de agitações religiosas que se esboça por aí, entre as próprias seitas teológicas, sugere-nos, a nós que não nos subordinamos a dogma algum, mas que não nos negamos a religião, algumas observações oportunas. Aproveitamos o momento para, embora a traços largos, definirmo-nos bem com esta honestidade incorruptível de consciência, própria aos que amparam a vida na solidez dos princípios, e sem a qual se instabilizam todas as virtudes.

Reconhecemos, como toda a gente, que a religião encarada de um modo geral sobranceiro a suas formas aparentes, é uma função espiritual evolvendo com o espírito humano e sendo afinal a suprema diretriz da vida.

Iludem-se deploravelmente os que nos vendo emancipados das imposições de todos os dogmas e presos no círculo, racionalmente intransponível, dos fatos naturais, acreditam que pensemos orientar o próprio destino, eliminando da consciência o sentimento religioso. Segundo a escola a que nos filiamos isto equivaleria à mutilação do espírito e destruiria, em grande parte, o valor da concepção dinâmica que reduz a um princípio único toda a vasta metamorfose da existência universal.

Felizmente para nós, pertencemos ao número dos que acreditam que todo o conflito secular entre a religião e a ciência nada mais é do que a tendência para uma harmonia futura, entre o incognoscível indefinido e inconcebível – e o cognoscível – perfeitamente concebível, em cujo seio pode de uma maneira completa definir-se o pensamento.

Decorre daí que não compreendemos tão radicalmente insanável a reconciliação entre uma – cujo objeto é a existência definida, única de onde podem surgir as nossas concepções – e a outra cujo objetivo é perpetuar na espécie o sentimento adquirido de toda a existência indefinida, perenemente insondável.

Segundo pondera judiciosamente Spencer, a paz se estabelecerá entre ambas, quando se subordinarem aos fins respectivos; quando a ciência se restringir às suas explicações próximas e relativas, e a religião se convencer de que o mistério que ela contempla – é absoluto.

A mesma razão que impede a ciência de legislar sobre o mistério, inibe a religião de aproximá-lo das leis científicas.

Todo o passado humano nos fala eloquentemente da imensa luta, travada em virtude da falsa compreensão destes diferentes destinos; luta maravilhosa, cujo objetivo não é a conquista de uma pela outra, mas – a paz; admirável campanha em que a ciência, sempre vencedora – era a única a fornecer as vítimas; singularíssima batalha em que uma vencia, enquanto os seus melhores filhos passavam por todas as torturas, desde a humilhação de Galileu à agonia de Giordano Bruno.

A crítica científica porém cuja mais elevada missão tem sido, ninguém impugnará isto, a de fixar a religião no seu verdadeiro papel – rebatendo-a vitoriosamente todas as vezes que ela, abdicando da própria grandeza, desce à relatividade e intenta, com a autoridade de fórmulas absolutas, leis e preceitos; esta onipotente crítica científica, ante a qual têm ruído todas as formas dadas ao incognoscível e todos os códigos, tendentes a regulamentarem as nossas relações com ele – vai, felizmente, perdendo, a pouco e pouco, a feição destruidora, à proporção que o espírito moderno se robustece pela aquisição de ideias positivas, dimanadas da observação e da experiência.

Enquanto isto se dá, e cada ciência, agindo isoladamente segundo um ponto de vista especial, alevanta as verdades inerentes aos diversos modos de ser da realidade concebível – a filosofia, harmonizando admiravelmente todas as verdades particulares assim estabelecidas, sob um ponto de vista geral, dá-nos o sentimento desta realidade que é o objeto da religião, quaisquer que sejam as formas que assuma. Vemos por aí que o sentimento religioso tem, no seu aparente inimigo, a ciência, um grande auxiliar.

É graças a ele que as crenças religiosas, das brutalidades do paganismo a todo o brilho da moral cristã, foram-se aperfeiçoando sempre, a proporção que mais abstratas se tornaram as representações do incognoscível.

Persistindo a evolução humana na sua marcha sempre ascensional, é lógico esperar que se extinguam afinal quaisquer representações de realidade inconcebível – pairando, por fim, sobre o conhecimento da existência definida, o sentimento, nada mais que o sentimento, dessa existência indefinida, dessa realidade intangível – que sentimos além de tudo o que podemos sentir...

Este sentimento é a base comum de todas as crenças, cujas variações estão unicamente na maneira pela qual o compreendem, os diferentes estados de consciência.

Evolui, guiado pelo espírito humano, crescendo e notabilizando-se com ele, seguindo, uma continuidade admirável, do mais bárbaro fetichismo aos deslumbramentos do Cristianismo...

É preciso, porém, que um indispensável equilíbrio se estabeleça entre ele e a consciência: se o seu deperecimento gera o objetivismo grosseiro dos povos sem crenças – o seu predomínio exagerado é talvez pior, é esse excesso de subjetividade – o fanatismo, que enlutou tanto a história.

Não acreditamos que ele surja entre nós, principalmente agora em que a lei ampara igualmente a todas as crenças.

As pequenas agitações, a que nos referimos, acima, não podem alcançar e perverter mais, na elevada posição a que as levou o espírito humano – a este sentimento religioso, que partilhamos também, como os mais fervorosos crentes – mas ao qual não tentamos definir, ao qual não podemos representar...

Estas observações – vagas e talvez obscuras por um defeito de síntese – têm o único valor de mostrarem até que ponto somos neutros, nas atuais cisões religiosas.

VIII

Aplaudimos sinceramente a generosa anistia concedida ultimamente pelo governo a alguns criminosos políticos.

À primeira vista parece que o nosso já proverbial sentimentalismo alcançou mais uma vitória, fazendo recuar esta rígida e austera justiça revolucionária, inacessível às prisões, sobranceira a todas as fraquezas e pairando muito alto, sobre o tumulto da sociedade.

Parece que por mais rigorosa que seja a linha reta ideal, que determina a marcha do governo, ele imprime-lhe essas ligeiras sinuosas, para transigir com o meio.

E os que compreendem que todas as agitações só podem extinguir afogadas na serenidade das leis devem, no primeiro instante, entristecer-se.

A justiça, porém, como tudo, é essencialmente relativa. Rodeiam-na as circunstâncias do momento e é impossível caracterizar-se qualquer de suas manifestações, sem a consideração preliminar das causas que a produziram.

Peada – como tudo – às condições exteriores, é bem de ver-se que esta entidade subjetiva, esta nobilíssima manifestação da consciência, obedece, como aquelas, a uma seleção contínua e constante, em função da sociedade inteira.

As reformas, periódicas quase, de todos os códigos, exprimem bem esta evolução da justiça, seguindo a própria sucessão dos estados sociais.

Ora – uma ligeira observação, feita sobre a nacionalidade brasileira, dos tempos que correm, diz-nos de pronto que a justiça, feita sobre os crimes políticos, não se pode erigir com um rigorismo incoercível e inexorável; isto porque ela não pode satisfazer a indispensável condição de ser plenamente geral, abrangendo a todos os delinquentes.

O nosso estado atual de coisas constitui uma notável espécie de atenuante – para todos esses crimes.

A indiferença, a grande indiferença que domina parte do país, por tudo que diz respeito aos interesses gerais da pátria, desculpa, talvez, a todos os que, num ambiente moral – rarefeito e inconsistente –, descreem da ação sempre segura das ideias, apelando para as brutalidades da revolta.

Se os sediciosos representam um mau elemento dispersivo – os indiferentes representam um péssimo elemento absorvente e aniquilador.

Aqueles têm ainda a fraqueza desassombrada de, convulsionando a ordem estabelecida, darem lugar à reação vigorosa das leis, mostram-se, apresentam-se, embora através de todas as cautelas dos que conspiram.

Não são porém os únicos a dificultarem entre nós a realização prática dos princípios republicanos.

Mais perigosos, talvez muito mais perigosos, são todos aqueles para cujos crimes não existe flagrante; delinquentes impalpáveis, intangíveis e numerosíssimos, cuja função pecaminosa consiste em absorver para extinguir, simultaneamente e indistintamente, as mais fecundas ideias e os mais sólidos princípios, em cujo seio depereçem igualmente todos os assomos das revoltas e todas as energias das leis; legião híbrida e incolor, estéril e indefinida, que ninguém vê e todo o mundo sente, e acobertada por esta triste palavra de – indiferentismo.

A última eleição senatorial e o centenário de um grande homem serviram para patentear mais uma vez a sua existência, pelos resultados que deram.

Na primeira se violou deploravelmente esse direito de voto que nas quadras difíceis é um dever; no segundo se falseou à veneração com que a civilização moderna circunda as memórias dos que dedicaram-lhe todos os esforços.

Nada entretanto justifica esse retraimento de certa parte da opinião, quer para as questões do presente, quer para as grandes tradições do passado.

Consideramos todo esse indiferentismo como um inimigo mais para se temer do que as revoltas que têm aparecido.

Já que o governo, pois, se considera bastante forte para garantir a ordem, aplaudimos sinceramente a anistia – porque ninguém pode afirmar que sejam, os revoltosos reprimidos, mais condenáveis do que tanto, tanta gente que por aí, talvez, nem saiba que a pátria – existe.

IX

O ideal da política moderna – tudo o indica – está numa dependência, cada vez mais íntima, do indivíduo para com a sociedade e numa independência, cada vez mais acentuada, de ambos para com o Estado. As próprias imposições sempre crescentes da vida civil imprimem, dia a dia, a todos os espíritos uma disciplina bastante sólida, para dispensar as repressões contínuas dos poderes constituídos ou o seu constante apoio.

O futuro – e é isto uma verdade já velha – pertence ao industrialismo. Ele operará, tonificado vigorosamente pela fórmula soberana da divisão do trabalho, a mais vasta diferenciação e consequente aperfeiçoamento da feição mais nobre da atividade humana; crescerá, portanto, paralelamente, com o progresso material o desenvolvimento moral do mundo; a sociedade será uma ampliação da família e restará ao Estado, exclusiva, a garantia da ordem.

Um olhar para o passado nos mostra limpidamente que a luta pela existência, na sociedade, tende sobretudo para este objetivo – a emancipação individual.

Entre as nacionalidades do presente as que se aproximam mais desta fase de ampla independência são, realmente, as que mais nobilitam o nosso século pelas maiores criações do trabalho. À proporção que se fortalecem e crescem dispensam naturalmente a intrusão dos governos, cujo papel restringe-se por fim em unicamente assegurar-lhes o próprio engrandecimento.

Esse grande ideal político será realizado.

Não é uma utopia; garante-o vantajosamente todo o maravilhoso espetáculo da evolução humana.

Compreendemos, porém, toda a distância a que nos achamos dele; e embora com a maior tristeza, confessamos que a sociedade brasileira não pode dispensar, tão cedo, para as questões mais simples do seu desenvolvimento, o prestígio oficial do governo.

Temos como em extremo trabalhosa a missão do Estado, nos tempos de hoje; não lhe basta dedicar-se exclusivamente à garantia da ordem, é-lhe indispensável que, de alguma sorte, exorbite, estabelecendo os primeiros elementos do progresso.

Filhos de uma terra tão vasta e tão rica, pode-se dizer que nunca precisamos viver através de um contínuo apelo a própria atividade; nunca necessitamos travar com o meio cosmológico estas admiráveis lutas, em que se retemperam tão bem a índole de todos os povos; a concorrência vital, graças à extensão do território, aliada a uma população rarefeita, nunca se constituiu como um motivo da seleção do nosso espírito, de acordo com as condições exteriores, de modo a nos dar esse conjunto de tendências e aspirações comuns, que definem qualquer nacionalidade.

É fácil a qualquer dizer, graças à maravilhosa plasticidade do estilo amoldado a todas as causas, que somos já uma nação, com aspirações bem definidas de futuro, em harmonia com uma exata compreensão do passado.

Neste caso, o governo poderia verdadeiramente se restringir à missão, menos trabalhosa, de mero condensador das energias sociais e guarda da estabilidade geral.

A verdade, porém, é que, ante o assalto da crise atual, nos sentimos inermes e fracos, fazendo-se precisa, para os mais simples fatos de economia, a ação do Estado; isto desde as questões rudimentares da alimentação e da higiene às mais sérias.

O que o Estado tem feito até hoje, além da função dificílima de velar pela segurança comum, é estimular, substituindo-a muitas vezes – essa tão fecunda iniciativa particular que somente agora se esboça entre nós, com probabilidades de desenvolvimento.

A iniciativa oficial tem absorvido mesmo as grandes manifestações do sentimento, fazendo-se indispensável o seu influxo para que não se olvide tudo o que há de verdadeiramente grande na nossa existência histórica.

Precisamos, porém, libertá-lo dessa duríssima tarefa, libertando-nos dessa tutela generosamente concedida.

Por mais necessária que pareça a proteção oficial, ela é efêmera por isto mesmo que toda a força dos governos promana das sociedades.

Faz-se necessário portanto que se iniciem desde já todos os passos para uma maior independência de vida e comecemos afinal a auxiliar o governo ou em vez de, como até hoje, recebermos dele uma proteção constante e incondicional, só assim poderemos seguir com as demais nações para esse ideal que enobrece e dignifica tanto a política moderna.

X

Extraordinário amanhecer o de hoje nas velhas capitais da Europa...

Como que assaltada por uma síncope, subitamente, se paralisa a complicadíssima vida da mais alta civilização; todo o movimento das grandes sociedades, toda a espantosa atividade de um século e a admirável continuidade dessa existência moderna tão poderosa e tão vasta, se extinguem, aparentemente, esvaindo-se em vinte e quatro horas de inatividade sistemática.

Abandonam os cérebros dos políticos os interesses nacionais mais urgentes; desaparecem por um dia todas as fronteiras; reconciliam-se incorrigíveis ódios seculares de governos – e aqueles exércitos formidáveis, que a todo instante ameaçam abalar a civilização, num espantoso duelo, formam silenciosos, pela primeira vez, sob uma mesma bandeira...

Tudo isto porque o anônimo extraordinário que é o maior colaborador da história, o Povo, que trabalha e que sofre – sempre obscuro –, entende, nessa festiva entrada da primavera, deixar por momentos as ásperas ferramentas e sonhar também como os felizes, pensar, ele que só tem um passado, no futuro.

O escravo antigo, que ia nos circos romanos distrair o humor tigrino dos reis, num pugilato desigual e trágico com as feras; o servo da gleba, o vilão cobarde que atravessou a Idade Média, à sombra dos castelos sob o guante do feudalismo; que tem alimentado com o sangue a alma destruidora das guerras; ele – a matéria-prima de todas as hecatombes, seguindo sempre acurvado a todos os jugos – transfigura-se realmente, alentado por uma aspiração grandiosa e apresenta esta novidade à história – pensa!

Deu todas as energias ao progresso humano, sempre inconsciente da própria força, e quando no fim do século XVIII uma grande aura libertadora perpassou a terra, ele se alevantou, aparentemente apenas – para trazer, às costas, até os nossos dias – a burguesia triunfante.

Cansado de escutar todas as teorias dos filósofos ou os devaneios dos sonhadores, que de há muito intentam-lhe a regeneração – desde os exageros de Proudhon às utopias de Luís Blanc –, ele inicia por si o próprio alevantamento.

E para abalar a terra inteira basta-lhe um ato simplíssimo – cruzar os braços.

E que triste e desoladora perspectiva esta – de vastas oficinas e ruidosas fábricas desertas, sem mais a movimentação fecunda do traballio – e as profundas minas, abandonadas, abrindo para os céus as gargantas escuras – num tenebroso bocejo...

* * *

Se entrarmos na análise dos cambiantes que tem assumido o socialismo, temo-lo como uma ideia vencedora.

O quarto estado adquirirá, por fim, um lugar bem definido na vida universal.

Nem se lhe faz para isto preciso agitar o horror da anarquia ou fazer saltar a burguesia a explosões de dinamite. Fala todas as línguas e é de todas as pátrias.

Toda a sua força está nessa notável arregimentação, que ora desponta à luz de uma aspiração comum; a anarquia é justamente o seu ponto vulnerável – quer se defina por um caso notável de histeria – Luísa Michel, ou por um caso vulgar de estupidez – Ravachol.

Não existe, talvez, um só político proeminente hoje, que se não tenha preocupado com esse grave problema – e o mais elevado deles, o menos inglês dos pensadores britânicos, Gladstone, cedendo à causa dos *home rulers* o espírito robusto – é, verdadeiramente, um socialista de primeira ordem.

Realmente, a vitória do socialismo bem entendido exprime a incorporação à felicidade humana dos que foram sempre dela afastados. Em nossa pátria – moça e rica – chegamos às vezes a não o compreender – transportando-nos porém aos grandes centros populosos, observando todas as dificuldades que assoberbam a vida ali, sentimos quão criminosa tem sido a exploração do trabalho. Ali, onde o operário mal adquire para a base material da vida, a falsíssima lei de Malthus parece se exemplificar ampla e desoladora. Preso a longas horas de uma agitação automática, além disto cerceado da existência civil, o rude trabalhador é muito menos que um homem e pouco mais que uma máquina...

* * *

Os governos da Europa hão de transigir porém; hão de entabular os preliminares da paz, pelas concessões justas e inevitáveis que terão de fazer.

Nós assistimos ao espetáculo maravilhoso da grande regeneração humana.

Pela segunda vez se patenteia, na História, o fato de povos que se fundem num sentimento comum – e não sabemos qual mais grandioso, se o quadro medieval das Cruzadas, ou se esta admirável cruzada para o futuro.

Seja qual for este regímen por vir, traduza-se ele pela proteção constante do indivíduo pela sociedade, como pensa Spencer, ou pelas inúmeras repúblicas, em que se diferenciará o mundo, segundo acredita A. Comte – ele será, antes de tudo, perfeitamente civilizador.

Que se passe sem lutas este dia notável. O socialismo, que tem hoje uma tribuna em todos os parlamentos, não precisa de se despenhar nas revoltas desmoralizadas da anarquia.

Que saia às ruas das grandes capitais a legião vencedora e pacífica; e levante altares à esperança, nessa entrada iluminada de primavera, sem que se torne preciso ao glorioso vencido – o Exército – abandonar a penumbra em que lentamente emerge à medida que sobe a consciência humana.

XI

Afinal, nesta constante vibração nervosa, da qual surge a maravilhosa dinâmica das ideias, vão-se-nos os dias, cheios dos deslumbramentos e dissabores da luta...

Os rudes operários que esgotam a musculatura, batalhando a matéria, têm as intermitências do descanso e se refazem amplamente.

Mas nós, que nos havemos uns a outros, tacitamente, estabelecido o dever de seguirmos o deambular incoerente de uma sociedade – a pique ainda dos últimos abalos políticos – e contraímos diariamente as vistas para o apercebimento de fatos, que aparecem as mais das vezes ilógicos, só nos alentamos ou por meio de uma abstrata contemplação do futuro, consoladora e feliz, ou procurando no presente uma zona mais calma, onde por momentos se possa o espírito despear das preocupações habituais.

Felizmente, em falta de assunto urgente, podemo-nos voltar hoje para mais calma ordem de ideias, sugeridas por uma local desta folha, de ontem, onde se anuncia a próxima aparição de dois livros de versos.

São verdadeiramente dignos de aplausos os que colaboram desta sorte no alevantamento comum, sobretudo para os que compreendem que é pela arte, de uma maneira geral, que se pode formar a mais pronta, a mais ampla e a mais segura ideia da superioridade afetiva e mental de um povo.

A ciência, altamente cosmopolita, define na história as épocas sucessivas de elevação humana; o seu caráter de universalidade é tal que é vulgar o fato de notáveis descobertas feitas simultaneamente em pontos diferentes: define de um modo geral o espírito humano – competindo a arte mais especial definir o espírito das nacionalidades.

É por isto talvez que um grande pensador moderno, através da claríssima argumentação de que usa, demostra limpidamente que se faz indispensável aos seus cultores a iniciação científica.

Isto porque qualquer produção de um verdadeiro artista, digamo-lo ousadamente, traduz antes a mais alta forma do instinto hereditário da raça que o da própria conservação – pelo encarnar eternamente no mármore ou engastar perenemente no seio fulgurante de um poema, num notável altruísmo, o que lhe existe de verdadeiramente notável em torno, num grande esquecimento de si mesmo.

Preso, vinculado ao meio em que vive, o verdadeiro artista como que tem a passividade de um prisma, através do qual se refrata – com os cambiantes que imprime-lhe o seu temperamento – a grande alma humana, com as suas múltiplas e desencontradas feições.

Para atingir porém a esse ideal, para que os seus quadros, ou os seus versos admiráveis, possam de algum modo traduzir assim o estado psíquico de uma época, avalia-se claramente que se lhe faz precisa essa elevação grandiosa da consciência, baseada na compreensão exata do seu tempo.

As sociedades, em sua marcha eterna, mudando continuamente, assumindo sempre novas feições, deixam sempre após, testemunha-o a arte antiga, representando-lhes a tisionomia anterior, um povo imortal de estátuas falando a majestosa linguagem dos poemas...

É fácil de compreender, portanto, de quanto brilhantismo precisam dispor esses que se destinam à difícil função de retratarem-nas, em todas as suas modalidades.

A poesia, a escultura, a pintura e a música são para Spencer as flores da civilização e o eminente pensador pondera judiciosamente *que se não deve abandonar a planta, a instrução científica, para cuidar antes da flor, que neste caso brotará degenerada.*

Tudo quanto se agita e vive e brilha e canta na existência universal obedece a uma vasta legislação, para a qual ascende infatigavelmente o espírito humano, em busca da verdade; tem pois razão o ilustre mestre, impondo ao poeta, além da cômoda feição contemplativa, a subordinação às leis naturais, sem a qual, por um desastroso predomínio de subjetivismo – ele descamba aos partos monstruosos dos temperamentos enfermos.

Evidentemente não quer isto dizer que se vá metrificar os teoremas da Geometria ou os princípios da Física; o que a ciência faz é sobrepor, para iluminá-la ainda mais, a fulguração da consciência à afetividade do artista; estabelece um contato mais íntimo entre ele e a existência geral, de modo que, com maior conhecimento de causa, nos transmita tudo o que nela exista.

Tem ainda a ação altamente moralizadora, de enfraquecer o notável egoísmo dos sonhadores, que passam pela vida absorvidos em si mesmos, numa contemplação singular das próprias emoções...

Parece-nos que já vai longe o tempo em que se pregava a ação esterilizadora do estudo sobre o sentimento.

Goethe pelo fato de ter sido um naturalista tal que, juntamente com Lamarck, entreviu o darwinismo antes de Darwin – é também imortal como poeta.

Que a nossa arte balbuciante se alevante vigorosa, amparada nas grandes leis da existência universal, de que é a nossa pátria um majestoso palco, é o nosso mais ardente desejo, ao saudarmos os sonhadores que surgem.

XII

Embora à saciedade se haja por inteiramente inócua a inumação de cadáveres, nem por isto a cremação deixa de ser uma maneira mais decente e mais feliz – se é possível – para o término da vida.

Não vale a pena o enumerar-se as opiniões que se têm a este respeito degladiado, inúmeras e controvertidas, de proeminentes higienistas; o citarem-se todos os devaneios nebulosos dos filósofos, cujos espíritos se afundaram nas impérvias sombras da morte, adquirindo quase todos, como Lessing, um *tédio doloroso*, como único e tristíssimo resultado.

Para nós é perfeitamente indiferente – acerca deste último ponto – que sejam as covas as entradas para o nada ou os escuros penetrais das fulgurantes regiões há tanto prometidas: é tão formosa e tão grande esta existência universal, e tão estreita a vida humana para compreendê-la, que não precisamos, num arranque de subjetivismo, transpor-lhe as barreiras, para esse intangível sobrenatural, onde a razão se esvai torturada pelas maiores quimeras.

Que a alma vingue sobre os destroços da matéria, como querem os espiritualistas e infinitamente persista, ou, como quer o materialismo, se extingua; em qualquer dos casos sempre é melhor e menos fúnebre a rápida combustão orgânica, sob uma temperatura altíssima de platina, do que essa aterradora e lenta decomposição, operada pelos micro-organismos – esses extraordinários analistas da matéria –, que lentamente a diferenciam e preparam para novas funções na vida...

Lemos há pouco tempo, algures, uma curiosa notícia sobre a fauna medonha dos sepulcros e é impossível sofrear-se o espanto e repugnância, que nos assaltam ante os sinistros coleópteros e dípteros, que durante dois ou três anos se repastam de sânie.

A ciência tem dessas páginas que pedem a assinatura de Hoffmann.

O professor Brouardel, que tentou esta horribilíssima empresa, armado de uma grande frieza de verdadeiro sábio, chegou a descortinar tendências e costumes nestes sombrios animais; e fala-nos da preferência de uns como a *Phora aterrima* pelos corpos magros e da predileção notável dos *Risophagos* pelos organismos gordos; e, prosseguindo na dolorosa observação, mostra como alguns, atraídos pelas exalações, furam a terra e, penetrando as estreitas frinchas dos esquifes, vão procurar – na sombra, a misérrima iguaria.

Para o mais fervoroso crente, como lhe deve ser profundamente doloroso o saber que enquanto as almas dos seres que lhe aformoseiam a vida sobem para os céus, nas feições queridas, descem ao mais hediondo destino quando se podem extinguir, volatizadas, no seio do que de mais encantador existe na natureza – a luz?

E os pensadores modernos, os que sistematizam essa nobre, essa necessária e essa elevadíssima veneração pelos mortos, qual melhor destino do que este podem para eles desejar, contrastando com o anterior, onde os seus despojos últimos têm a pisada indiferente do caminhante, e são passíveis da curiosidade intensiva do sábio, medindo-lhe as apófises?...

Decididamente não há vacilar entre um e outro caso; ademais a cremação satisfaz a todas as crenças; os cemitérios mesmos não perderão o doloroso encanto, a tristíssima poesia que os circunda, pelo possuírem, ao revés da terra apodrecida dos túmulos, as urnas funerárias, guardando as cinzas purificadas dos mortos.

XIII

Ainda bem que nos aprestamos para a próxima Exposição de América do Norte.

Ainda bem – porque mais do que a satisfação do nosso orgulho de brasileiros, precisamos satisfazer o nosso imenso orgulho de americanos.

Parece que à proporção que se expande o espírito humano as fronteiras recuam; como que estalam e se abrem não podendo no âmbito estrito abarcar-lhe a crescente magnitude.

É por isto, certamente, que os filhos do novo mundo sentem e compreendem que a América é, na ordem moral, o mesmo que na ordem física – a pátria comum, a maravilhosa síntese de todas as pátrias...

As nacionalidades europeias, que surgiram da ruinaria do império do Ocidente, derruído sob o *frankisk* dos bárbaros, trouxeram, por uma hereditariedade refratária aos mais generosos ideais da civilização, até ao presente, os velhos ódios que tão despiedados cindiram as raças conquistadoras, no início da Idade Média.

Aquelas fronteiras erriçadas de canhões, aquelas sociedades que se isolam, acolhendo-se, cada uma, num círculo rutilante intransponível de espadas – indicam à saciedade que esta consciência moderna tão elevada e tão nobre, ali está num perene estado de sítio.

Como que no seio da Europa pisa eternamente o cavalo de Átila.

As mais altas criações do espírito humano partiram dela e ela assistiu o esboço e a constituição de todas as ciências – mas o seu seio revolto e pisado pelas marchas dos exércitos é verdadeiramente impotente para criar, completas, as grandes aspirações dos seus grandes pensadores.

A América afigura-se-nos predestinada a realizá-las.

Tomou à velha civilização a vasta base subjetiva das ciências e sobre ela erigiu, majestosa e fecunda, a sua existência industrial.

Daí, talvez, o seu cosmopolitismo; as ideias não têm pátria – e aparecendo, quando elas já eram dominadoras, as sociedades americanas, antes de criarem uma tradição guerreira, receberam em comum o seu influxo admirável e como que se irmanaram.

Decorre, por certo, deste fato este sentimento notável e novo, próprio aos filhos das diversas regiões do Novo Mundo – qual o de generalizar a pátria, medindo-a pelo enorme estalão dos Andes e das *Mountains Rock,* amplificando-a de um a outro polo...

Realmente, se esta política americana, toda civilização e paz, ideada por Monroe, não é uma utopia irrealizável e se de fato, embora sem a base orgânica de um código fundamental comum, a vasta confederação das repúblicas americanas, graças à uniformidade dos sistemas políticos, é um fato de ordem moral, sobranceiro às fronteiras – podemos compartilhar das glórias que advirão à América pelo condensar na sua metrópole comercial as maiores criações do esforço humano.

Pela nossa parte, é dolorosamente certo que pouco contribuiremos para realçar-lhe o brilho e a notável opulência. Abandonamos ainda ontem o marasmo monárquico e somente agora a nossa atividade é livremente plebiscitada nos comícios da indústria.

Fomos os últimos a incorporarmo-nos à pátria americana.

É isto, porém, um motivo para que sejamos entre os primeiros a compreendê-la e elevá-la.

A Exposição de Chicago pode bem ser a prefiguração do que faremos em breve. E, se assim for, se isto se der, se eficazmente emulados pelos do norte os sul-americanos se alevantarem tanto, deixará talvez de ser um sonhador ousado alguém que idealize a constituição final da pátria americana.

* * *

Realmente o Novo Mundo assume ante o antigo uma feição mui diversa a que antes este teve, do X ao XV século, a civilização do Oriente. Naquela idade, toda a Europa era um perene ansiar pelas maravilhas que a imaginação bizarra dos peregrinos lhe criava, nas paragens pelo Ganges.

As gentes ocidentais, olvidando todos os elementos de riqueza que possuíam, voltavam-se de todo para as terras de onde surgia o sol, como se trouxesse de lá todos os seus deslumbramentos. Daí as penosas deambulações para as ignotas paragens, veladas nos mistérios do bramanismo.

E quando, após o domínio dos mares, se aproximaram os dois mundos e se desvendaram os arcanos da Índia – todas as cobiças se satisfizeram largamente, mas o espírito humano espantou-se ante uma filosofia estranha, costumes desvairados e sanguinárias religiões!

Por uma circunstância notável, porém, um genovês ousado, nessa época, trouxe das suas viagens, ao revés de galeões cheios de ouro – um novo mundo. Como para compensar todos os males que originaria o enlace da anarquia medieval com as riquezas da Ásia – oposta a ela, nas bandas do Ocidente, surgia a pátria universal da indústria e do trabalho.

A Europa volta-se hoje para ela, como no século XIII para o Oriente.

O espetáculo é, porém, muito outro. As novas nacionalidades ensinam às velhas como se vencem as campanhas da paz, e mais que as riquezas da Índia dão-lhes os prodígios da indústria e o exemplo de uma grande solidariedade. Ainda bem, pois, que pela nossa parte nós aprestamos desde já para colaborarmos num fato, que tão bem traduz o nosso alevantamento.

XIV

Não há filósofo apedrejado ou político vencido que, após atravessar as asperezas de uma propaganda infecunda, não se volte, no último estádio da vida, para a mocidade, num supremo apelo – tornando-a legatária exclusiva das suas aspirações mal compreendidas ou paralisadas pela inércia inconsciente do meio.

Ela é a representante mais próxima do futuro – e, quase sempre, surge como que predestinada a encarnar todos os ideais dos gênios incompreendidos. Daí o constituir-se a sua derradeira esperança.

Parece, realmente, que à energia moral dos velhos pensadores faz-se indispensável a aliança com o sentimento vigoroso das gerações que surgem, sem o qual ela deperece, estéril e improdutiva.

Esses que passam pela vida, alheios a si mesmos, perdidos numa abstrata contemplação da existência geral, nem sempre como Newton, presenciam a vitória do próprio pensamento; estiolam-se, clamando num deserto singular de multidões indiferentes; nem sempre vão, como o pensador britânico, numa Westminster opulenta, nobilitar as sepulturas dos reis, e, para que todos seus esforços não se extingam, faz-se-lhes preciso prender às suas existências, que acabam enfraquecidas, as existências que começam vigorosas.

Nos tempos maus das crises, em que a dispersão dos sentimentos e das ideias simboliza a própria decomposição social, é ainda a mocidade, por um notável contraste com a sua índole sonhadora e inquieta, a classe conservadora por excelência, guardando, intactos, todos os princípios.

É preciso porém que a mocidade não seja – criança.

A puerícia é mais natural aos velhos do que aos moços. Por isto mesmo que o sentimento predomina nestes, as suas ideias têm um estimulante mais enérgico e devem erigir-se – vigorosas e sérias.

Na fase atual sobretudo faz-se precisa a mocidade brasileira, como que uma grande austeridade de velhos.

Enfrenta, seguindo para o futuro, uma sociedade convulsionada – e já que se lhe faz imperiosíssimo o dever de não isolar às lutas que a cindem, que as iniciem com a palavra alevantada dos fortes e não com os balbucios e devaneios infantis...

Lastimamos não encontrar essa atitude na *Mensagem* dirigida pelos acadêmicos baianos ao mestre ilustre por ocasião de ser desterrado.

Ninguém certo ousará condenar sentimento que a criou; foi elevadíssimo e generoso, infelizmente porém mui pouco aproveitado.

A mocidade do Norte perdeu uma magnífica ocasião de fixar, perenemente, num documento político, toda a grandeza da sua alma ardente e fulgurante e que é como que modelada pelos firmamentos vastos do equador, puríssimos, cheios de sol, vibrando imensos na gestação prodigiosa da luz...

A ocasião era entretanto propícia para isso; não quis porém e ao revés da palavra severa de pensadores e combatentes ela circundou a desventura do mestre, com o lirismo rudimentar, como mensagem exclusivamente sentimental, cuja essência extratamos:

Jovens e acadêmicos, *longe do torrão natal, soluçando beijos e carinhos maternais*, fomos dolorosamente impressionados quando até nós chegou a notícia da dupla ofensa que sofríamos, e protestamos desde logo manifestar-vos a cruciante dor que nos acabrunha.

Sim, manifestar-vos para que todos saibam que não *se maculam impunemente as pétalas queridas do coração da mocidade*.

Manifestar-vos para que não se julgue que desapareceu do seio da juventude *a mais linda e delicada virtude, aquele que nasceu de um beijo trocado nos lábios purpurinos de dois serafins: a Gratidão*. Sim, se tivéssemos abandonado este honroso posto, amanhã, os pósteros veriam que o defensor impávido e altaneiro da mocidade tinha sido desprezado num momento crítico, quando precisava reaver em palavras consoladoras o que tinha dado em sacrifícios.

Não; os moços não mentirão aos seus princípios nem deixarão que se ponha em dúvida a *impolutação* de seus caracteres.

Baianos, seríamos degenerados se, na hora angustiosa da vida de um coestaduano, não corrêssemos a animá-lo já que não podemos mostrar o lugar que o espera no peito da pátria.

Seríamos indignos da Bahia se não procurássemos acariciar a intemerata cabeça baiana que se sente pequena para conter o peso de tão grandes e soberbas ideias.

Não, *baiano audaz,* nós estaremos ao vosso lado, e se cairmos glorificados na luta o paleontólogo encontrará mais tarde *muitos esqueletos abraçados a um só, e saberá que foi o mestre baiano que tombou com seus discípulos.*

Pusemos aí grifos a esmo, quase.

Seguem-se meia dúzia de linhas, que nada mais adiantam.

Sem fazermos comentários – é preciso entretanto convir que tudo isto está muito longe de definir aquela mocidade brilhantíssima do Norte, onde o talento é quase tradicional e de onde segundo uma frase que se vai transformando em provérbio "parte a luz"!

XV

Decididamente vai-se tornando indispensável uma locução nascida ontem e já velha pelo uso – esta maneira de designar *fin de siècle* a todas as extravagâncias mais ou menos espirituosas, mais ou menos elegantes que expluem de todas as sociedades, nesta extrema velhice do século mais fecundo e mais brilhante que tem havido. Por uma circunstância notável, o século XVIII tão ilustre e tão nobilitado, pela Enciclopédia, teve os derradeiros dias, delirantes e tragicamente extravagantes; a metafísica, lentamente acumulada no espírito dos filósofos, expandiu-se amplamente no delírio extraordinário das revoluções políticas, convulsionou todos os costumes e todas as crenças e definiu-se vitoriosa, criando politicamente 1889 e filosoficamente – o culto da Razão.

Ela define afinal toda aquela época agitada; e o historiador de talento tem na filosofia uma base magnífica; para caracterizar o término agitado do século de Voltaire.

Qual, porém, o espírito bastante robusto para fazer a diagnose de um século de trabalho, cheio das maiores conquistas da inteligência, do sentimento e da atividade humana, mas cujos derradeiros dias disparatam de toda a sua imensa história?

Está bem visto que não intentamos fazer a sua crônica gigantesca; sugeriu-nos estas linhas a leitura de uma acabrunhadora notícia, num jornal parisiense, a *Petite Presse*.

Até pouco tempo éramos nós, filhos da raça latina, que aqui, na França, na Itália ou na Espanha, escandalizávamos a grande era trabalhadora, com os desvarios do nosso temperamento irrequieto e extravagante – como elemento conservador alevantava-se a sólida raça saxônica, fria, operosa e sistemática, seguindo para o futuro com um grande respeito às tradições do passado.

Deplorável nova, porém, diz-nos que a tendência universal, *fin de siècle,* de indiferentismo doentio, parece ter-lhe assaltado a rígida e austera consciência.

Relata-nos o confrade parisiense o grande embaraço em que se acha uma associação de antigos militares alemães.

Patriótica e guerreira, a marcial associação inaugurou, em Berlim, grandiosa estátua do velho imperador, do homem extraordinário que fez a Alemanha e descobriu Bismarck – Guilherme I.

Este movimento fora objeto de uma subscrição cujos organizadores tal confiança alimentavam de sucesso que fizeram-no a crédito, dando como garantia o espírito patriótico da velha raça guerreira. Infelizmente porém foram diminutos os subscritores.

Debalde apelaram os patriotas para o patriotismo; por mais intensivo que se tenha feito esse apelo, não conseguiu a metade da quantia para pagar os artistas e as demais despesas da empresa. Desta arte apresenta-se um dilema assustador – ou se consegue a quantia necessária, ou o martelo do leiloeiro percutirá escandalosamente a efígie do herói de

Sadowa e a sua majestosa figura de bronze, destinada a pertencer a uma nacionalidade, irá pertencer a quem mais der!

E a folha parisiense termina com uma ironia cruciante, com essa ironia dolorosa do francês, que não esquece Sedan: *La carte à payer est lá...*

Que magnífico exemplo para nós: como nos educam as velhas sociedades cheias de tradições e de glórias – nesta quadra que bracejamos como náufragos, assoberbados pelos maiores problemas políticos, para cuja solução devemos procurar elementos mais do que nas paixões dos partidos, no sentimento nacional!

Não nos espantemos, pois, com o que por aí vai; a dispersão dos sentimentos é plenamente geral; o grande século, após viver como um pensador eminente, acaba como um boêmio desiludido; e, presas pela mesma vertigem, marchando sem norte, sem ideias e sem filosofia, as sociedades de hoje parecem dizer como os cavalheiros da corte mais dissoluta da história: – *Après moi, le déluge!*

XVI

Infelizmente somos obrigados a confessar que têm motivos de sobra, para os maiores júbilos e alentadora alegria, os que diuturnamente alfineteiam – inofensivos mas perseverantes – a rígida armadura do atual governo.

Por uma casualidade, nimiamente favorável aos minúsculos Bayards da oposição, ele está a estas horas entre dois fogos. Mato Grosso, apesar de vastíssimo, já estava afinal exaurido para a exploração política; a problemática, a quase ideal república transatlântica, volatizava-se, como um sonho, e mal se constituía base a essa retórica estrugidora, através da qual reverbera a paixão oposicionista, que se nos afigurava prestes a desaparecer, esvaída e exangue, à míngua de desastres; as *jeremiadas,* calculadamente entoadas em torno das agruras e sofrimentos dos desterrados, iam-se também, e a pouco e pouco, deperecendo, extinguindo, ante outras coisas mais urgentes e mais sérias. Ameaçavam-nos já alguns prenúncios de ordem, solidamente estabelecida, em uma certa estabilidade no prestígio admirável das leis.

Há, porém, um deus para eles; deus que não é por certo inofensivo e benfazejo, mas misterioso e assustador, como os que apavoram as gentes indianas; espécie de Shiva impiedoso, que lhes creia infatigavelmente a sombra protetora dos desastres, a aliança perene com todas as calamidades.

Realmente, a estas horas, deve haver um vasto restrugir de cantos festivos e ovações delirantes, nos arraiais dos que soem bater-se unicamente abroquelados pelas ruínas da pátria.

O governo acha-se entre dois fogos; agita-se o Rio Grande, Pernambuco agita-se; a conflagração do Norte responde à conflagração do Sul; os homens de 1817 acordam aos brados dos valentes de 1835; tudo isto pode ter consequências gravíssimas. A desordem no seio da pátria é correlativa com a desconfiança do estrangeiro. Em compensação porém o governo pode oscilar, vacilam as posições – e por sobre toda essa ruinaria anelada avulta uma adorável perspectiva de lugares vagos, de posições a ocupar...

Deve haver, pois, a estas horas, no *rez-de-chaussée* da política nacional, um grande restrugir de contos, festivais e ovações delirantes.

Toda esta alacridade há de passar, porém, rapidíssima, efêmera, como tantas outras. Demais, ela não nos assusta; a energia dos governos faz-se muitas vezes no seio agitado das revoltas; a agitação rio-grandense, porém, inegavelmente a mais perigosa, não se generalizará.

A vitória de Júlio de Castilhos, vitória que com a maior sinceridade aplaudimos, não só está muito longe de traduzir a reação vitoriosa contra o atual estado de coisas, como é uma sólida garantia da paz. É preciso que não se envolva, em paralelos criminosos, o moço ilustre que é a mais alta esperança do Rio Grande, e que é verdadeiramente um forte – na triste série de governantes depostos, frágeis e sem ideais. Para qualquer, rudimentarmente conhecedor da política do Sul, a sua vitória exprime, sobretudo, a derrota de um partido que, nas condições atuais de nosso país, pode ser considerado o inimigo comum – o *gasparismo*. Sob este ponto de vista, o advento dos castilhistas é o maior benefício que se poderia fazer às instituições republicanas, levantando-as, vitoriosas, no mesmo lugar em que parece terem-se asilado os últimos restos de esperança na restauração monárquica. Tão compenetrado disto parece estar o governo que, tendo no Rio Grande a metade do Exército, e podendo, sem violar a Constituição, que prevê o caso de agitações nos Estados, intervir – guarda a mais inteira, a mais completa neutralidade, não perturbando pelas armas a marcha triunfal das ideias republicanas naquele Estado.

Iludem-se, pois, mais uma vez, os que batem palmas as agitações que surgem; a do Rio Grande é altamente salutar, a do Norte inteiramente local e insignificante. Não é desta vez ainda que o ideal *mazorca* irromperá triunfante sobre a ordem desmantelada.

Há por certo, nestes dois acontecimentos, motivos para que se expanda o lirismo oposicionista; de fato, cada um deles pode originar novas e aventurosas explorações; não terão porém outra consequência.

Acabávamos de traçar estas linhas, quando um telegrama, acima de toda a suspeição, nos dá a notícia, já esperada, de que o governo de Júlio de Castilhos presta o mais franco apoio à política do governo central.

Decididamente começamos mal e este artigo – felizmente podemos confessar que não têm, absolutamente não têm, motivos para maiores júbilos, a alentadora alegria, os que diuturnamente alfineteiam – inofensivos mas perseverantes – a rígida armadura do governo atual.

XVII

É velha entre nós, a campanha contra o positivismo. Se houvéssemos a intenção de enumerar, entre as coisas profundamente tristes destes tempos, tudo o que se tem escrito acerca da nova filosofia, certo esquissaríamos uma Coreia fantástica, feita de toda uma imensa agitação, todo um incoerente tripudiar de filósofos desocupados, de clérigos iracundos e cronistas trocistas.

Renunciamos à empresa: fugimos ao espetáculo espantoso, dessa espécie de psicólogo *sabbat* de ideias arrevesadas, teorias desvairadas e utopias delirantes, com o mesmo espanto e terror que possuíam as crédulas almas das gentes medievais, ante os bailados demoníacos, que a imaginação lhes criava – na encosta solitária das montanhas ou à sombra silenciosa das catedrais...

Ultimamente erigiram Huxley contrarregra do formidando e monótono e incorreto melodrama de maldições – e o eminente fisiologista, cujo espírito, aliado ao de Haeckel, teve lucidez para através dos mais íntimos recessos da matéria descortinar a feição primordial da vida, dando a base física do plasma à complicadíssima e admirável arquitetura da existência universal – Huxley, talvez nem saiba, em seu retiro, na sua grande abstração de sábio, que tem entre nós tão inesperada missão. Imagina-se Turenne, correto, brilhante e cavalheiro – a comandar um esquadrão de tártaros...

Está bem visto que não nos propomos, por demasiado frágeis, à empresa de terçar armas pela religião, positiva, à qual não pertencemos, porque, neste iniciar da vida, um ideal filosófico nos é ainda uma aspiração, destinada a realizar-se mais tarde e definindo a altitude máxima da consciência, surgindo de um amplo conhecimento do mundo.

Por ora seguimos sem Deus, nem chefes; não corremos riscos de revogarmos amanhã o que pensamos hoje.

Nada mais deplorável do que esse viver automático dos que se agitam de pronto, a mercê das teorias filosóficas; preferimos seguir lentamente, na formação desse mundo interior, indefinido e vasto, e que constitui afinal o único prêmio, real e inalienável, de todos os esforços de nossa inteligência e de nossa afetividade.

Temos entretanto pelo genial instituidor da Filosofia Positiva, à luz da qual estudamos, admiração bastante para que nos seja difícil sofrear o espanto ante a maneira por que o impugnam, maneira que não se traduz por um combate, franco e desassombrado, mas que é como um apedrejamento.

É doloroso o quadro dessa campanha intransigente e cega, movida sobretudo pelos que parecem possuir elevação bastante, para compreenderem toda a grandeza do pensador, que foi como o herdeiro feliz de todas as criações da elaboração mental do século XVIII e que, sem exagero o dizemos, traduziu Descartes para o século XIX e instituiu a síntese subjetiva.

É realmente inexplicável tamanho combate contra o filósofo eminente cujo maior crime parece estar no aniquilamento da metafísica; cuja maior falta consiste em ter nobilitado a concepção social do conjunto humano – substituindo aos intermediários subjetivos, imaginosos e intangíveis, que aquela estebelecia entre o mundo e o homem, a noção altamente filosófica da Humanidade.

Por uma circunstância notável, a serenidade imperturbável e até certo ponto altiva, do pequeno grupo de positivistas, contrasta visivelmente com todo o açodamento impugnador. Não vão à imprensa, não vão às tribunas; trabalham, lutam e pensam – alheios a todo esgotamento inútil e à ação dispersiva das polêmicas estéreis.

Daí a simpatia de que são credores – mesmo daqueles que como nós se acham muito afastados das crenças que os impulsionam.

A biografia de Benjamin Constant, por Teixeira Mendes, livro em que se reflete admiravelmente a alma diamantina do fundador da República, exemplifica o que dissemos.

Enquanto acirradamente o imprecavam, através das doutrinas que adota, esse moço ilustre, perfeitamente incompreendido pela massa geral dos seus contemporâneos e que guarda um grande e obstinado silêncio ante todos os ataques – reconstruía, lenta e conscienciosamente, em toda a sua grandeza, a individualidade talvez a mais pura da nossa História.

Será, por acaso, tão perniciosa e condenável a filosofia que intenta e realiza tais empresas?

Pela nossa parte, respeitamos profundamente os que consideram a veneração pelos grandes homens como o "problema capital dos nossos tempos", já que verdadeiramente as grandes individualidades do passado são as que velam melhor sobre o destino dos que seguem, demandando o futuro...

XVIII

Acabamos de ler o discurso do Sr. Epitácio Pessoa. Oração enérgica, brilhante e imaginosa ela define admiravelmente o nosso sentimentalismo agudo e mostra até que ponto a dor augusta dos infelizes é comovedora, refrangendo através de um coração altamente lírico e moço – que, posto como um prisma entre nós e os desterrados políticos, empresta a toda amargura que os punge todos os cambiantes, multicores e exagerados, da palavra e da retórica parlamentar.

Afinado pelo diapasão da sentimentalidade rudimentar que nos caracteriza, é bem de ver que as vibrações da sua palavra incendida, irrompendo do estreitíssimo âmbito do Parlamento, acharam fora um vasto campo para o máximo elastério, dilatando-se por todo o país e imprimindo em todos os peitos o ritmo agitado das grandes emoções.

Nós mesmos que, para garantia do próprio espírito, invertemos, em tudo o que se refere aos acontecimentos atuais, a velha fórmula que regula a aquisição das ideias – isto é, nós que, calculadamente, nos habituamos a pensar antes de sentir, embora assim abroquelados, não sofreamos o ímpeto da primeira onda, comovemo-nos e idealizamos uma tela de Rembrandt – erma de luzes, pavorosa e constritora, onde em meio da desolação dos descampados um grupo de mártires, sob os olhos silentes das estrelas, pairava, tendo sobre as frontes, latente, uma grande noite, a saudade da pátria...

Não há, de fato, tese de mais fácil e ampla explanação do que esta. Orador, ao galgar a tribuna, começa por ter, naturalmente, todo o auditório a seu lado; vai fazer vibrar a nota sempre altíssona do velho sentimento humano: não precisa dominar, prendendo-as aos liames fulgurantes da dialética, as inteligências – dirige-se aos corações; não precisa elevar o assunto – o próprio assunto eleva-se e eleva-o; não necessita quase defender-se – ninguém o ataca; todos afinal o aplaudem, porque iluminada por tal oratória a tribuna não é uma posição de combate, é sagrada – é um púlpito!

Toda essa eloquência porém não resiste a uma reflexão medianamente lúcida: fora desta corrente hipnótica, que circula as tribunas, a consciência reassume o seu império inviolável e reage sobre a ebriez das emoções: o tribuno enérgico, vigoroso e brilhante, comove-nos pintando tetricamente o destino dos homens, tudo isto porém esvai-se ante a lucidez do espírito bastante que nos mostra o destino da pátria.

É forçoso convir; nós não estamos numa quadra tão fácil e feliz que faculte esse desperdício inútil de emoções a esse constante expluir, gongórico e extravagante, de fraudulento lirismo, que invade os jornais e as tribunas; deixemos de uma vez a exploração pecaminosa de todas as dores e de todas as calamidades; batamo-nos à luz dos nossos princípios, adversos embora, sem o acompanhamento obrigado dessas eternas loas de infortúnio; desse constante salmodiar de agruras...

* * *

Mais lógicos, por certo, eram aqueles bardos hebreus da antiguidade bíblica, que iam, nos dias da escravidão e desgraças nacionais, dependurar as harpas nos ramos dos salgueiros, nas ribas agitadas dos mares e quedavam-se após, silenciosos, deixando que os haustos das procelas vibrassem-nas, em longas notas discordantes e doloridas...

Realmente, não há a mínima vantagem nesse constante retaliar de questões quase que meramente sentimentais, numa época em que se faz preciso atender de pronto às necessidades reais e urgentes do país. Se os desterrados políticos, por frágeis e inofensivos, não merecem o exílio, que se lhes dê a anistia salvadora. Para que, porém, tentar ir avante, quebrar lanças por uma absolvição que seria ridícula ante a evidência do crime?

Todos nós compreendemos o infortúnio dos compatriotas desterrados, mas certos de que erraram, temos como um erro maior – um longo tempo perdido com o intuito de negar a falta.

Temos um notável exemplo no Chile. Segundo lemos há pouco, a terra varonil que, simultaneamente com a nossa, atravessou a crise revolucionária, restaura-se, alevanta-se revivescente, quando a ruinaria foi por certo muito maior por lá, visto como a energia poderosa de Balmaceda só se pôde extinguir no centro das batalhas. Entretanto cindem ainda a sua política todas as dissensões partidárias antigas; congressistas e balmacedistas investem-se ainda, em prol de antigas ideias.

A verdade, porém, é que o Chile se levanta do aniquilamento anterior, e isto, em grande parte, porque os chilenos não perdem, como nós perdemos, numa luta de represálias, um tempo utilíssimo em liquidar longamente as questões do passado, antes as imposições do presente.

Nós fazemos o contrário: logo ao assumir o poder o governo foi distraído pelos atos dos que conspiravam; reúne-se o Congresso e distrai-se com os atos do governo. E entibia-se a ação deste último e acirram-se todas as paixões, todos os ódios partidários e aumenta-se ainda mais essa prejudicialíssima desconfiança do estrangeiro, que nos deprime o crédito e reage da pior maneira sobre toda a nossa vida econômica.

Longos discursos sentimentais e vagos, visando as mais das vezes o renome pessoal e uma espécie de imortalidade *à la minute*, através do aplauso das galerias, eis toda a gestação da minoria.

Os que assim procedem terão ao menos fortaleza e abnegação bastante para ao nosso lado, amanhã, lutarem para debelar todos os males que por acaso produzam?

Que nos responda o futuro.

XIX

Veio e passou, célebre como um sonho, a agitação de domingo, deixando o rastro obrigado de cabeças e vidraças desmanteladas. Não temos porém por tal forma insignificante, em si, a *mazorca* malograda que não a consideremos assunto para os comentários da crônica.

Naturalmente os que, de longe, dela tiveram notícia, através do laconismo comprometedor do telégrafo, divisaram idealmente toda esta cidade vibrando, convulsionada, tendo no seio a febre devastadora da revolta, o tumultuar ruidoso de massas populares enraivecidas e a ação repressora do governo, defluindo das cargas de cavalaria, enérgicas e prontas.

O quadro não foi entretanto tão dramático e sério, sejamos francos; a exígua fração *irridenta* e desocupada, da colônia italiana, não teve, para a realização dos planejados desmandos, o apoio dos próprios compatriotas e dissolveu-se ante um simulacro de reação, com imenso desapontamento por parte dos que tão desastradamente a exploraram.

O próprio fato do despedaçamento covarde da nossa bandeira indica eloquentemente o valor moral da manifestação e dos manifestantes: não foi por certo a colônia italiana que o praticou; os que tal realizaram não têm pátria – pertencem a essa feição amorfa, repugnante e indefinida que constitui a vasa de todas as nacionalidades de tal sorte que quem até ela desce não reconhece o francês ou o alemão, ou o brasileiro ou outro qualquer povo – vê unicamente a escória comum e tristíssima de todas as raças porque só infamam a bandeira de um povo os que não têm pátria!

Não fosse esse fato, fonte da mais justa e ríspida represália, e o *meeting* de domingo resumir-se-ia nas passeatas inofensivas de alguns turbulentos agitando-se inconscientemente, como *marionettes* tristemente explorados em sua rude ingenuidade, pelos que calculada mente se abroquelam na sombra.

Nós fazemos justiça, a mais ampla e segura justiça aos compatriotas de um dos soldados mais francos e varonis deste século – Garibaldi; o italiano, herdeiro mais próximo desse espírito cavalheiresco, bravo e brilhantíssimo que tão de pronto caracteriza a nossa raça, certo não se presta à função inglória do arruaceiro vulgar, não sai, anárquica e turbulentamente, às ruas, para tomar mais tarde a fuga banal dos garotos. Estamos seguros, a menos que não admitamos totalmente degenerado o espírito de um povo, que a colônia italiana, a sua maioria honesta e digna, dissolveria a agremiação desordenada, se a não precedesse o governo.

O estrangeiro inteligente e diligente, e de tal nota temos muitos, compreende que não é, entre nós, um hóspede; vem para o seio de uma nacionalidade nova, que se refunde à luz de um ideal político – que se agita numa convulsão fecundíssima, porque traduz a entrada triunfal de novos princípios, tonificadores e enérgicos na alma de um povo; sabe, pois, que entre nós, melhor do que em qualquer outra sociedade, definida e estável, ele pode mais prontamente se adaptar e se nacionalizar, constituindo-se até poderoso elemento étnico para a feição por vir e próxima que assumiremos.

Neste início de vida republicana não são únicas a se transformarem as instituições políticas – senão que é visível a transmudação dos nossos costumes. Todas as lutas políticas e todas as dificuldades do presente têm o valor de reagirem sobre o caráter nacional, que inegavelmente envolve, tendendo para elevar-se ainda mais – e, nessa movimentação maravilhosa, a imigração europeia, que desejamos e pedimos, é como uma experimentada e segura mão que nos estende a velha civilização, guiando-nos para o futuro.

Foi por isto que a feição honesta e digna do jornalismo explicou limpidamente o lamentável caso de Santos. Infelizmente sem resultado.

Agora, ante os últimos acontecimentos, pode a maioria digna e consciente da colônia italiana, assumir as responsabilidades que lhe sejam corolários?

Acreditamos que não. Parece-nos que ela, de há muito fraternizada à sociedade brasileira, pelo trabalho e cooperação comum para o nosso progresso, não deve, não deseja e não pode sancionar a insânia dos que criminosamente, transformando em sediciosa a bandeira de uma nação amiga e irmã nossa pelas mais íntimas afinidades de raça, passearam-na pelas ruas, num alarido deprimente, rompendo à sua sombra a solidariedade com um povo, que os acolhe, obrigando-o à mais desassombrada represália.

Muito menos alimenta-nos qualquer temor de futuras complicações internacionais; fora descrer da atitude da política moderna e sobrepor arruaças sem valor à grande amizade das nações, ou admitir a aparição de notas diplomáticas num caso que modestamente faz jus às notas policiais.

O Estado de S. Paulo, 6 a 8, 10, 13, 17, 20, 24 e 27 abr., 1º, 8, 11 e 15 maio, 5, 12, 22 e 29 jun., 3 e 6 jul. 1892

JUDAS-AHSVERUS

No sábado da Aleluia os seringueiros do Alto Purus desforram-se de seus dias tristes. É um desafogo. Ante a concepção rudimentar da vida, santificam-se-lhes, nesse dia, todas as maldades. Acreditam numa sanção litúrgica aos máximos deslizes.

Nas alturas, o Homem-Deus, sob o encanto da vinda do filho ressurreto e despeado das insídias humanas, sorri, complacentemente, à alegria feroz que arrebenta cá embaixo. E os seringueiros vingam-se, ruidosamente, dos seus dias tristes.

Não tiveram missas solenes, nem procissões luxuosas, nem lava-pés tocantes, nem prédicas comovidas. Toda a semana santa correu-lhes na mesmice torturante daquela existência imóvel, feita de idênticos dias de penúrias, de meios-jejuns permanentes, de tristezas e de pesares, que lhes parecem uma interminável Sexta-feira da Paixão, a estirar-se, angustiosamente, indefinida, pelo ano todo afora.

Alguns recordam que nas paragens nativas, durante aquela quadra fúnebre, se retraem todas as atividades – despovoando-se as ruas, paralisando-se os negócios, ermando-se os caminhos – e que as luzes agonizam nos círios bruxuleantes, e as vozes se amortecem nas rezas e nos retiros, caindo um grande silêncio misterioso sobre as cidades, as vilas e os sertões profundos onde as gentes entristecidas se associam à mágoa prodigiosa de Deus. E consideram, absortos, que esses sete dias excepcionais, passageiros em toda a parte e em toda a parte adrede estabelecidos a maior realce de outros dias mais numerosos, de felicidade – lhes são, ali, a existência inteira, monótona, obscura, dolorosíssima e anônima, a girar acabrunhadoramente na via dolorosa inalterável, sem princípio e sem fim, do círculo fechado das "estradas". Então pelas almas simples entra-lhes, obscurecendo as miragens mais deslumbrantes da fé, a sombra espessa de um conceito singularmente pessimista da vida: certo, o Redentor universal não os redimiu; esqueceu-os para sempre, ou não os viu talvez, tão relegados se acham à borda do rio solitário, que no próprio volver das suas águas é o primeiro a fugir, eternamente, àqueles tristes e desfrequentados rincões.

Mas não se rebelam, ou blasfemam. O seringueiro rude, ao revés do italiano artista, não abusa da bondade de seu deus desmandando-se em convícios. É mais forte; é mais digno. Resignou-se à desdita. Não murmura. Não reza. As preces ansiosas sobem por vezes ao céu, levando disfarçadamente o travo de um ressentimento contra a divindade; e ele não se queixa. Tem a noção prática, tangível, sem raciocínios, sem diluições metafísicas, maciça e inexorável – um grande peso a esmagar-lhe inteiramente a vida – da fatalidade; e submete-se a ela sem subterfugir na cobardia de um pedido, com os joelhos dobrados. Seria um esforço inútil. Domina-lhe o critério rudimentar uma convicção talvez demasiado objetiva, ou ingênua, mas irredutível, a entrar-lhe a todo o instante pelos olhos adentro, assombrando-o: é um excomungado pela própria distância que o afasta dos homens; e os grandes olhos de Deus não podem descer até àqueles brejais, manchando-se. Não lhe vale a pena penitenciar-se, o que é um meio cauteloso de rebelar-se; reclamando uma promoção na escala indefinida da bem-aventurança. Há concorrentes mais felizes, mais bem protegidos, mais numerosos, e, o que se lhe figura mais eficaz, mais vistos, nas capelas, nas igrejas, nas catedrais e nas cidades ricas onde se estadeia o fausto do sofrimento uniformizado de preto, ou fulgindo na irradiação das lágrimas, e galhardeando tristezas...

Ali – é seguir, impassível e mudo, estoicamente, no grande isolamento da sua desventura.

Além disto, só lhe é lícito punir-se da ambição maldita que o conduziu àqueles lugares para entregá-lo, maniatado e escravo, aos traficantes impunes que o iludem – e este pecado é o seu próprio castigo, transmudando-lhe a vida numa interminável penitência. O que lhe resta a fazer é desvendá-la e arrancá-la da penumbra das matas, mostrando-a, nuamente, na sua forma apavorante, à humanidade longínqua...

* * *

Ora, para isso, a Igreja dá-lhe um emissário sinistro: Judas; e um único dia feliz: o sábado prefixo aos mais santos atentados, às balbúrdias confessáveis, à turbulência mística dos eleitos e à divinização da vingança.

Mas o mostrengo de palha, trivialíssimo, de todos os lugares e de todos os tempos, não lhe basta à missão complexa e grave. Vem batido demais pelos séculos em fora, tão pisoado, tão decaído e tão apedrejado que se tornou vulgar na sua infinita miséria, monopolizando o ódio universal e apequenando-se, mais e mais, diante de tantos que o malquerem.

Faz-se-lhe mister, ao menos, acentuar-lhe as linhas mais vivas e cruéis; e mascarar-lhe no rosto de pano, a laivos de carvão, uma tortura tão trágica, e em tanta maneira próxima da realidade, que o eterno condenado pareça ressuscitar ao mesmo tempo que a sua divina vítima, de modo a desafiar uma repulsa mais espontânea e um mais compreensível revide, satisfazendo à saciedade as almas ressentidas dos crentes, com a imagem tanto possível perfeita da sua miséria e das suas agonias terríveis.

E o seringueiro abalança-se a esse prodígio de estatuária, auxiliado pelos filhos pequeninos, que deliram, ruidosos, em risadas, a correrem por toda a banda, em busca das palhas esparsas e da farragem repulsiva de velhas roupas imprestáveis, encantados com a tarefa funambulesca, que lhes quebra tão de golpe a monotonia tristonha de uma existência invariável e quieta.

O judas faz-se como se fez sempre: um par de calças e uma camisa velha, grosseiramente cosidos, cheios de palhiças e mulambos; braços horizontais, abertos, e pernas em ângulo, sem juntas, sem relevos, sem dobras, aprumando-se, espantadamente, empalado, no centro do terreiro. Por cima uma bola desgraciosa representando a cabeça. É o manequim vulgar, que surge em toda a parte e satisfaz à maioria das gentes. Não basta ao seringueiro. É-lhe apenas o bloco de onde vai tirar a estátua, que é a sua obra-prima, a criação espantosa do seu gênio rude longamente trabalhado de reveses, onde outros talvez distingam traços admiráveis de uma ironia sutilíssima, mas que é para ele apenas a expressão concreta de uma realidade dolorosa.

E principia, às voltas com a figura disforme: salienta-lhe e afeiçoa-lhe o nariz; reprofunda-lhe as órbitas; esbate-lhe a fronte; acentua-lhe os zigomas; e aguça-lhe o queixo, numa massagem cuidadosa e lenta; pinta-lhes as sobrancelhas, e abre-lhe com dous riscos demorados, pacientemente, os olhos, em geral tristes e cheios de um olhar misterioso; desenha-lhe a boca, sombreada de um bigode ralo, de guias decaídas aos cantos. Veste-lhe, depois, umas calças e uma camisa de algodão, ainda servíveis; calça-lhe umas botas velhas, cambadas...

Recua meia dúzia de passos. Contempla-a durante alguns minutos. Estuda-a.

Em torno a filharada, silenciosa agora, queda-se expectante, assistindo ao desdobrar da concepção, que a maravilha.

Volve ao seu homúnculo: retoca-lhe uma pálpebra; aviva um ríctus expressivo na arqueadura do lábio; sombreia-lhe um pouco mais o rosto, cavando-o; ajeita-lhe melhor a cabeça; arqueia-lhe os braços; repuxa e retifica-lhe as vestes...

Novo recuo, compassado, lento, remirando-o, para apanhar de um lance, numa vista de conjunto, a impressão exata, a síntese de todas aquelas linhas; e renovar a faina com uma pertinácia e uma tortura de artista incontentável. Novos retoques, mais delicados, mais cuidadosos, mais sérios: um tenuíssimo esbatido de sombra, um traço quase imperceptível na boca refegada, uma torção insignificante no pescoço engravatado de trapos...

E o monstro, lento e lento, num transfigurar-se insensível, vai-se tornando em homem. Pelo menos a ilusão é empolgante...

Repentinamente o bronco estatuário tem um gesto mais comovedor do que o *parla!* ansiosíssimo, de Miguel Ângelo; arranca o seu próprio sombreiro; atira-o à cabeça do Judas; e os filhinhos todos recuam, num grito, vendo retratar-se na figura desengonçada e sinistra o vulto do seu próprio pai.

É um doloroso triunfo. O sertanejo esculpiu o maldito à sua imagem. Vinga-se de si mesmo: pune-se, afinal, da ambição maldita que o levou aquela terra; e desafronta-se da fraqueza moral que lhe parte os ímpetos da rebeldia, recalcando-o cada vez mais ao plano inferior da vida decaída onde a credulidade infantil o jungiu, escravo, à gleba empantanada dos traficantes, que o iludiram.

Isto, porém, não lhe satisfaz. A imagem material da sua desdita não deve permanecer inútil num exíguo terreiro de barraca, afogada na espessura impenetrável, que furta o quadro de suas mágoas, perpetuamente anônimas, aos próprios olhos de Deus. O rio que lhe passa à porta é uma estrada para toda a terra. Que a terra toda contemple o seu infortúnio, o seu exaspero cruciante, a sua desvalia, o seu aniquilamento iníquo, exteriorizados, golpeantemente, e propalados por um estranho e mudo pregoeiro...

Embaixo, adrede construída, desde a véspera, vê-se uma jangada de quatro paus boiantes, rijamente travejados. Aguarda o viajante macabro. Conduz-lo, prestes, para lá, arrastando-o em descida, pelo viés dos barrancos avergoados de enxurros.

A breve trecho a figura demoníaca apruma-se, especada, à popa da embarcação ligeira.

Faz-lhe os últimos reparos: arranja-lhe ainda uma vez as vestes; arruma-lhe às costas um saco cheio de ciscalho e pedras; mete-lhe à cintura alguma inútil pistola enferrujada, sem fechos, ou um caxerenguengue gasto; e fazendo-lhe curiosas recomendações, ou dando-lhe os mais singulares conselhos, impele, ao cabo, a jangada fantástica para o fio da corrente.

* * *

E Judas feito Ahsverus vai avançando vagarosamente para o meio do rio. Então os vizinhos mais próximos, que se adensam, curiosos, no alto das barrancas, intervêm ruidosamente, saudando com repetidas descargas de rifles, aquele bota-fora. As balas chofram a superfície líquida, erriçando-a; cravam-se na embarcação, lascando-a; atingem o tripulante espantoso; trespassam-no. Ele vacila um momento no seu pedestal flutuante, fustigado a tiros, indeciso, como a esmar um rumo, durante alguns minutos, até se reaviar no sentido geral da correnteza. E a figura desgraciosa, trágica, arrepiadoramente burlesca, com os seus gestos desmanchados, de demônio e truão, desafiando maldições e risadas, lá se vai na lúgubre viagem sem destino e sem fim, a descer, a descer sempre, desequilibradamente, aos rodopios, tonteando em todas as voltas, à mercê das correntezas, "de bubuia" sobre as grandes águas.

Não para mais. À medida que avança, o espantalho errante vai espalhando em roda a desolação e o terror: as aves, retransidas de medo, acolhem-se, mudas, ao recesso das frondes; os pesados anfíbios mergulham, cautos, nas profunduras, espavoridos por aquela sombra que ao cair das tardes e ao subir das manhãs se desata estirando-se, lutuosamente, pela superfície do rio; os homens correm às armas e numa fúria recortada de espantos, fazendo o "pelo-sinal" e aperrando os gatilhos, alvejam-no desapiedadamente.

Não defronta a mais pobre barraca sem receber uma descarga rolante e um apedrejamento.

As balas esfuziam-lhe em torno; varam-no; as águas, zimbradas pelas pedras, encrespam-se em círculos ondeantes; a jangada balança; e, acompanhando-lhe os movimentos, agitam-se-lhe os braços e ele parece agradecer em canhestras mesuras as manifestações rancorosas em que tempesteiam tiros, e gritos, sarcasmos pungentes e esconjuros e sobre tudo maldições que revivem, na palavra descansada dos matutos, este eco de um anátema vibrado há vinte séculos:

– Caminha, desgraçado!

Caminha. Não para. Afasta-se no volver das águas. Livra-se dos perseguidores. Desliza, em silêncio, por um "estirão" retilíneo e longo; contorneia a arqueadura suavíssima de uma praia deserta. De súbito, no vencer uma volta, outra habitação: mulheres e crianças, que ele surpreende à beira rio, a subirem, desabaladamente, pela barranca acima, desandando em prantos e clamor. E logo depois, do alto, o espingardeamento, as pedradas, os convícios, os remoques.

Dous ou três minutos de alaridos e tumulto, até que o judeu errante se forre ao alcance máximo da trajetória dos rifles, descendo...

E vai descendo, descendo... por fim não segue mais isolado. Aliam-se-lhe na estrada dolorosa outros sócios de infortúnio; outros aleijões apavorantes sobre as mesmas jangadas diminutas entregues ao acaso das correntes, surgindo de todos os lados, vários no aspeto e nos gestos: ora muito rijos, amarrados aos postes que os sustentam, ora em desengonços, desequilibrando-se aos menores balanços, atrapalhadamente, como ébrios; ou fatídicos, braços alçados, ameaçadores, amaldiçoando; outros humílimos, acurvados num acabrunhamento profundo; e por vezes, mais deploráveis, os que se divisam à ponta de uma corda amarrada no extremo do mastro esguio e recurvo, a balouçarem, enforcados...

Passam todos aos pares, ou em filas, descendo, descendo vagarosamente...

Às vezes o rio alarga-se num imenso círculo; remansa-se; a sua corrente torce-se e vai em giros muito lentos perlongando as margens, traçando a espiral amplíssima de um redemoinho imperceptível e traiçoeiro. Os fantasmas vagabundos penetram nestes amplos recintos de águas mortas, rebalsadas; e estacam por momentos. Ajuntam-se. Rodeiam-se em lentas e silenciosas revistas. Misturam-se. Cruzam então pela primeira vez os olhares imóveis e falsos de seus olhos fingidos; e baralham-se-lhes numa agitação revolta os gestos paralisados e as estaturas rígidas. Há a ilusão de um estupendo tumulto sem ruídos e de um estranho conciliábulo, agitadíssimo, travando-se em segredos, num abafamento de vozes inaudíveis.

Depois, a pouco e pouco, debandam. Afastam-se; dispersam-se. E acompanhando a correnteza, que se retifica na última espira dos remansos – lá se vão, em filas, um a um, vagarosamente, processionalmente, rio abaixo, descendo...

À margem da história, 1909

ESTRELAS INDECIFRÁVEIS

Conta-nos São Mateus daqueles três reis magos, que abalaram de seus países em busca do Messias recém-nado, conduzidos por uma estrela extraordinária que, improvisadamente, resplandeceu na altura, em plena luz de um firmamento claro.
Não critiquemos, impiamente, a narrativa singela do primeiro evangelista.
Justifiquemo-la. Por aqueles tempos, da Caldeia à Grécia e à Itália, à Índia e à China, os graves acontecimentos, ao parecer dos mais sisudos astrólogos, prenunciavam-nos os céus. Do *Mahabharata* à *Ilíada,* alonga-se um imaginoso devaneio: quando nasceram Krishna e Buda, alumiaram-se os horizontes em resplendores de quedas de bólides: propícios clarões lustrais banharam o berço de Esculápio: e ao ruir, trabalhada das catapultas, a derradeira cortina dos muramentos de Troia, aflorara no espaço a sétima estrela da constelação das Plêiadas...
Ora, para a vinda de Cristo aparelhara-se a antiguidade de esperanças religiosas tão vastas, que o messianismo judaico se generalizara em aspiração universal. Conchavavam-se, prognosticando-a, o histerismo das sibilas e o ilapso dos profetas: os cálculos imperfeitos dos primeiros astrônomos contemplativos, e os hexâmetros impecáveis dos poetas da Roma imperial. A cultura clássica, na sua plenitude, acolhia um eco longínquo das civilizações orientais, que ter-

minavam. As rudes profecias de Balaão, pressagas do reinado deslumbrante de um deus nas terras eleitas de Israel, harmonizavam-se, de algum modo, às apóstrofes rítmicas do *Prometeu,* de Ésquilo, ao vaticinar, nos palcos atenienses, ante o assombro das plateias comovidas, a próxima abdicação de Júpiter.

O *Livro de Daniel* prolongava-se nas éclogas de Virgílio. E o vate gracioso, num rapto genial da fantasia, batera parelhas ao vidente: não lhe bastara o pressentir próximo renovamento dos séculos esgotados, trocando-se os sinais dos tempos; senão que ao espetáculo das sociedades novas, prefiguradas, ligou o império de uma criança maravilhosa, que ao nascer "faria estremecer a natureza inteira, da imensidade dos mares à imensidade dos céus".

Foi além no descortino inexplicável. Previu que a nova ordem moral, instintivamente adivinhada, requeria outras linhas mais corretas, no próprio quadro da natureza física. Transfigurou-se, sem o saber, em êmulo de Pitágoras e precursor de Copérnico. De sorte que a primeira sacudidura na Terra, imaginada imóvel e a centralizar as caprichosas esferas de cristal, onde se clausurava o Universo, lhe desponta no vigor de um verso admirável: porque quando nascesse o infante predestinado "no seu eixo abaiado o mundo oscilaria"...

Assim avassalava as raças mais discordes o anelo transcendental das profecias.

Não maravilha que os três magos, filhos da Caldeia sonhadora, arrancassem de seus lares remotos, norteando-se pela estrela surpreendente. Iam-se em busca do Messias. Vindos de Sabá ou da Babilônia, ou da Pérsia, marcharam longos dias, até que atingiram os terrenos adustos do Iêmen. Calcaram-nos, sob os céus implacáveis da paragem estranha.

Em torno os móveis areais, transverberando à luz, mal lhes disfarçavam no chão revolto, que pisavam, a escanceladura dos abismos, abertos pelo velho mar extinto, que por ali expandia outrora o Mediterrâneo, e hoje mal se adivinha, evanescente e estancado, na depressão profunda do Asfaltite. Romperam-nos, com o remorado andar das caravanas. Caminhavam na intermitência angustiosíssima dos dias adurentes e das noites enregeladas. E foram-se de deserto em deserto, de oásis em oásis, das sombras zimbradas de lampejos das tamareiras altas, para os areais em fogo, onde agonizam os heliotrópios tolhiços e as pistácias deprimidas: – até que as suas vistas tontas das miragens distinguissem os primeiros rebordos dos pendores clivosos ao norte do Sinai, estalados e ásperos, estereografando ainda a convulsão vulcânica que lhes ergueu os cimos arremessados, de rocha viva, perpetuamente desnudos, para que o sol neles renove sempre, no espadanar dos brilhos refletidos, a memória longínqua das sarças ardentíssimas dos profetas.

Transmontaram-nos, tornejando-lhes as encostas mal-vestidas da flórula bravia das acácias espinhosas; e seguiram, lentamente, até Jerusalém... Não pararam. Deixando a "cidade compacta", entre as apreensões de Herodes e as conjeturas dos sacerdotes suspicazes, reaviaram-se, rumo feito ao norte. Dirigiram-se, sem o saberem, em demanda da menor das vilas de Judá. Adiante, imóvel no horizonte resplandecente, atraía-os a estrela radiosa; e ela foi conduzindo-os até Belém, onde os seus raios tranquilos se joeiraram na cobertura humilde de um estábulo.

Penetraram-no. Foi um encanto e um desafogo: os olhos encandeados no refulgir dos plainos incendidos, repousaram, suavemente, na auréola ideal de uma fronte loura de criança.

[...]

Trecho do capítulo homônimo de
À margem da história, 4, 1909

[A VAQUEJADA]

*E*sta solidariedade de esforços evidencia-se melhor na *vaquejada*, trabalho consistindo essencialmente no reunir, e discriminar depois, os gados de diferentes fazendas convizinhas, que por ali vivem em comum, de mistura, em um compáscuo único e enorme, sem cercas e sem valos.

Realizam-na de junho a julho.

Escolhido um lugar mais ou menos central, as mais das vezes uma várzea complanada e limpa, o *rodeador*, congrega-se a vaqueirama das vizinhanças. Consertam nos dispositivos da empresa. Distribuem-se as funções que a cada um caberão na lide. E para logo, irradiantes pela superfície da arena, arremetem com as caatingas que a envolvem os encourados atléticos.

O quadro tem a movimentação selvagem e assombrosa de uma corrida de tártaros.

Desaparecem em minutos os sertanejos, perdendo-se no matagal circundante. O rodeio permanece por algum tempo deserto...

De repente estruge ao lado um estrídulo tropel de cascos sobre pedras, um estrépito de galhos estalando, um estalar de chifres embatendo; tufa nos ares, em novelos, uma nuvem de pó; rompe, a súbitas, na clareira, embolada, uma ponta de gado; e, logo após, sobre o cavalo que estaca esbarrado, o vaqueiro, teso nos estribos...

Traz apenas exígua parte do rebanho. Entrega-a aos companheiros que ali ficam, *de esteira*; e volve em galope desabalado, renovando a pesquisa. Enquanto outros repontam além, mais outros, sucessivamente, por toda a banda, por todo o âmbito do rodeio, que se anima, e tumultua em disparos: bois às marradas ou escarvando o chão, cavalos curveteando, confundidos e embaralhados sobre os plainos vibrantes num prolongado rumor de terremoto. Aos lados, na caatinga, os menos felizes se agitam às voltas com os marruás recalcitrantes. O touro largado ou garrote vadio em geral refoge à revista. Afunda na caatinga. Segue-o o vaqueiro. Cose-se-lhe no rastro. Vai com ele às últimas bibocas. Não o larga; até que surja o ensejo para um ato decisivo: alcançar repentinamente o fugitivo, de arranco; cair logo para o lado da sela, suspenso num estribo e uma das mãos presa às crinas do cavalo; agarrar com a outra a cauda do boi em disparada e com um repelão fortíssimo, de banda, derribá-lo pesadamente em terra... Põe-lhe depois a *peia* ou a máscara de couro, levando-o jugulado ou vendado para o rodeador.

Ali o recebem ruidosamente os companheiros. Conta-lhes a façanha. Contam-lhe outras idênticas; e trocam-se, as impressões heroicas numa adjetivação *ad hoc*, que vai num crescendo do *destalado* ríspido ao *temero* pronunciado num trêmulo enroquecido e longo.

Depois, ao findar do dia, a última tarefa: contam as cabeças reunidas. Apartam-nas. Separam-se, seguindo cada um para sua fazenda tangendo por diante as reses respectivas. E pelos ermos ecoam melancolicamente as notas do aboiado....

Entretanto, mesmo ao cabo desta faina penosa, surgem outras maiores.

Os sertões

[A ARRIBADA]

Segue a boiada vagarosamente, à cadência daquele canto triste e preguiçoso. Escanchado, desgraciosamente, na sela, o vaqueiro, que a revê unida e acrescida de novas crias, rumina os lucros prováveis: o que toca ao patrão, e o que lhe toca a ele, pelo trato feito. Vai dali mesmo contando as peças destinadas à feira; considera, aqui, um velho boi que ele conhece há dez anos e nunca levou à feira, mercê de uma amizade antiga; além, um mumbica claudicante, em cujo flanco se enterra estrepe agudo, que é preciso arrancar; mais longe, mascarado, cabeça alta, desafiadora, seguindo apenas guiado pela compressão dos outros, o garrote bravo, que subjugou, pegando-o, *de saia*, e derrubando-o, na caatinga; acolá, soberbo, caminhando folgado, porque os demais o respeitam, abrindo-lhe em roda um claro, largo pescoço, envergadura de búfalo, o touro vigoroso, inveja de toda a redondeza, cujas armas rígidas e curtas relembram, estaladas, rombas e cheias de terra, guampaços formidáveis, em luta com os rivais possantes, nos logradouros; além, para toda a banda, outras peças, conhecidas todas, revivendo-lhe todas, uma a uma, um incidente, um pormenor qualquer da sua existência primitiva e simples.

E prosseguem, em ordem, lentos, ao toar merencório da cantiga, que parece acalentá-los, embalando-os com o refrão monótono:

>   E cou mansão...
>   E cou... ê caõ!...
>
> ecoando saudoso nos descampados mudos...
>
> *Os sertões*

[ESTOURO DA BOIADA]

De súbito, porém, ondula em frêmito sulcando, num estremeção repentino, aqueles centenares de dorsos luzidios. Há uma parada instantânea. Entrebatem-se, enredam-se, traçam-se e alteiam-se fisgando vivamente o espaço, e inclinam-se, e embaralham-se milhares de chifres. Vibra uma trepidação no solo; e a boiada estoura...
A boiada arranca.
Nada explica, às vezes, o acontecimento, aliás vulgar, que é o desespero dos campeiros.
Origina-o o incidente mais trivial – o súbito voo rasteiro de uma araquã ou a corrida de um mocó esquivo. Uma rês se espanta e o contágio, uma descarga nervosa subitânea, transfunde o espanto sobre o rebanho inteiro. É um solavanco único, assombroso, atirando, de pancada por diante, revoltos, misturando-se embolados, em vertiginosos disparos, aqueles maciços corpos tão normalmente tardos e morosos.
E lá se vão: não há mais contê-los ou alcançá-los. Acamam-se as caatingas, árvores dobradas, partidas, estalando em lascas e gravetos; desbordam de repente as baixadas num marulho de chifres; estrepitam, britando e esfarelando as pedras, torrentes de cascos pelos tombadores; rola surdamente pelos tabuleiros ruído soturno e longo de trovão longínquo...
Destroem-se em minutos, feito montes de leivas, antigas roças penosamente cultivadas; extinguem-se, em lamei-

ros revolvidos, as ipueiras rasas; abatem-se, apisoados, os pousos; ou esvaziam-se, deixando-os os habitantes espavoridos, fugindo para os lados, evitando o rumo retilíneo em que se despenha a "arribada" – milhares de corpos que são um corpo único, monstruoso, informe, indescritível, de animal fantástico, precipitado na carreira doida. E sobre este tumulto, arrodeando-o, ou arremessando-se impetuoso na esteira de destroços, que deixa após si aquela avalanche viva, largando numa disparada estupenda sobre barrancas, e valos, e cerros, e galhadas – enristado o ferrão, rédeas soltas, soltos os estribos, estirado sobre o lombilho, preso às crinas do cavalo – o vaqueiro!

Já se lhe têm associado, em caminho, os companheiros, que escutaram, de longe, o estouro da boiada. Renova-se a lida: novos esforços, novos arremessos, novas façanhas, novos riscos e novos perigos, a despender, a atravessar e a vencer, até que o boiadão, não já pelo trabalho dos que o encalçam o rebatem pelos flancos senão pelo cansaço, a pouco e pouco afrouxe e estaque, inteiramente abombado.

Reaviam-no à vereda da fazenda; e ressoam, de novo, pelos ermos, entristecedoramente, as notas melancólicas do aboiado.

Os sertões

[DANÇAS E VIOLAS]

Nem todos, porém, a compartem. Baldos de recursos para se alongarem das rancharias, agitam-se, então, nos folguedos costumeiros. Encourados de novo, seguem para os sambas e cateretês ruidosos, os solteiros, famanazes no desafio, sobraçando os machetes, que vibram no choradinho ou baião, e os casados levando toda a *obrigação*, a família. Nas choupanas em festa recebem-se os convivas com estrepitosas salvas de rouqueiras e como em geral não há espaço para tantos, arma-se fora, no terreiro varrido, revestido de ramagens, mobiliado de cepos e troncos, e raros tamboretes, mas imenso, alumiado pelo luar e pelas estrelas, o salão de baile. Despontam o dia com uns largos tragos de aguardente, a teimosa. E rompem estridulamente os sapateados vivos.

Um cabra destalado ralha na viola. Serenam, em vagarosos meneios, as caboclas bonitas. Revoluteia, "brabo e corado", o sertanejo moço.

Os sertões

[RIMAS]

Nos intervalos travam-se os desafios. Enterreiram-se, adversários, dois cantores rudes. As rimas saltam e casam-se em quadras muita vez belíssimas.

> Nas horas de Deus, amém,
> Não é zombaria, não!
> Desafio o mundo inteiro
> Pra cantar nesta função!

O adversário retruca logo, levantando-lhe o último verso da quadra:

> Pra cantar nesta função,
> Amigo, meu camarada,
> Aceita teu desafio
> O *fama* deste sertão!

É o começo da luta que só termina quando um dos bardos se engasga numa rima difícil e titubeia, repinicando nervosamente o machete, sob uma avalanche de risos saudando-lhe a derrota. E a noite vai deslizando rápida no folguedo que se generaliza, até que as *barras venham quebrando* e cantem as sericoias nas ipueiras, dando o sinal de debandar ao agrupamento folgazão.

Terminada a festa volvem os vaqueiros à tarefa rude ou à rede preguiçosa. Alguns, de ano em ano, arrancam dos pousos tranquilos para remotas paragens. Transpõem o S. Francisco; mergulham nos *gerais* enormes do ocidente, vastos planaltos indefinidos em que se confundem as bacias daquele e do Tocantins em alagados de onde partem os rios indiferentemente para o levante e para o poente; e penetram em Goiás, ou, avantajando-se mais para o norte, as serras do Piauí.

Vão à compra de gados. Aqueles lugares longínquos, pobres e obscuros vilarejos que o Porto Nacional extrema, animam-se, então, passageiramente, com a romaria dos *baianos*. São os autocratas das feiras. Dentro da armadura de couro, galhardos, brandindo a *guiada,* sobre os cavalos ariscos, entram naqueles vilarejos com um desgarre atrevido de triunfadores felizes. E ao tornarem – quando não se perdem para todo o sempre, sem tino, na *travessia* perigosa dos descampados uniformes – reatam a mesma vida monótona e primitiva.

Os sertões

[O FLAGELO DA SECA]

De repente, uma variante trágica.
Aproxima-se a seca.

O sertanejo adivinha-a e prefixa-a graças ao ritmo singular com que se desencadeia o flagelo.

Entretanto, não foge logo, abandonando a terra a pouco e pouco invadida pelo limbo candente que irradia do Ceará.

Buckle, em página notável, assinala a anomalia de se não afeiçoar nunca, o homem, às calamidades naturais que o rodeiam. Nenhum povo tem mais pavor aos terremotos que o peruano; e no Peru as crianças ao nascerem têm o berço embalado pelas vibrações da terra.

Mas o nosso sertanejo faz exceção à regra. A seca não o apavora. É um complemento à sua vida tormentosa, emoldurando-a em cenários tremendos. Enfrenta-a, estoico. Apesar das dolorosas tradições, que conhece através de um sem-número de terríveis episódios, alimenta a todo o transe esperanças de uma resistência impossível.

Com os escassos recursos das próprias observações e das dos seus maiores, em que ensinamentos práticos se misturam a extravagantes crendices, tem procurado estudar o mal, para o conhecer, suportar e suplantar. Aparelha-se com singular serenidade para a luta. Dois ou três meses antes do solstício de verão, especa e fortalece os muros dos açudes, ou limpa as cacimbas. Faz os roçados e arregoa as estreitas faixas de solo arável à orla dos ribeirões. Está preparado para as plantações ligeiras à vinda das primeiras chuvas.

Procura em seguida desvendar o futuro. Volve o olhar para as alturas; atenta longamente nos quadrantes; e perquire os traços mais fugitivos das paisagens.

Os sintomas do flagelo despontam-lhe, então, encadeados em série, sucedendo-se inflexíveis, como sinais comemorativos de uma moléstia cíclica, da sezão assombradora da Terra. Passam as "chuvas do caju" em outubro, rápidas, em chuvisqueiros prestes delidos nos ares ardentes, sem deixarem traços; e *pintam* as caatingas, aqui, ali, por toda a parte, mosqueadas de tufos e pardos de árvores marcescentes, cada vez mais numerosos e maiores, lembrando cinzeiros de uma combustão abafada, sem chamas; e greta-se o chão; e abaixa-se vagarosamente o nível das cacimbas... Do mesmo passo nota que os dias, estuando logo ao alvorecer, transcorrem abrasantes, à medida que as noites se vão tornando cada vez mais frias. A atmosfera absorve-lhe, com avidez de esponja, o suor na fronte, enquanto a armadura de couro sem mais a flexibilidade primitiva, se lhe endurece aos ombros, esturrada, rígida, feito uma couraça de bronze. E ao descer das tardes, dia a dia menores e sem crepúsculos, considera, entristecido, nos ares, em bandos, as primeiras aves emigrantes, transvoando a outros climas...

É o prelúdio da sua desgraça.

Vê-o acentuar-se, num crescendo, até dezembro.

Precautela-se: revista, apreensivo, as malhadas. Percorre os logradouros longos. Procura entre as chapadas que se esterilizam várzeas mais benignas para onde tange os rebanhos. E espera, resignado, o dia 13 daquele mês. Porque em tal data, usança avoenga lhe faculta sondar o futuro, interrogando a Providência.

É a experiência tradicional de Santa Luzia. No dia 12 ao anoitecer expõe ao relento, em linha, seis pedrinhas de sal, que representam, em ordem sucessiva da esquerda para a direita, os seis meses vindouros, de janeiro a junho. Ao alvorecer de 13 observa-as: se estão intactas, pressagiam a seca; se a primeira apenas se deliu, transmudada em aljôfar límpido, é certa a chuva em janeiro; se a segunda em fevereiro; se a maioria ou todas, é inevitável o inverno benfazejo.

Esta experiência é belíssima. Em que pese ao estigma supersticioso, tem base positiva, e é aceitável desde que se considere que dela se colhe a maior ou menor dosagem de vapor d'água nos ares, e, dedutivamente, maiores ou menores probabilidades de depressões barométricas, capazes de atrair o afluxo das chuvas.

Entretanto, embora tradicional, esta prova deixa ainda vacilante o sertanejo. Nem sempre desanima, ante os seus piores vaticínios. Aguarda, paciente, o equinócio da primavera, para definitiva consulta aos elementos. Atravessa três longos meses de expectativa ansiosa e no dia de São José, 19 de março, procura novo augúrio, o último.

Aquele dia é para ele o índice dos meses subsequentes. Retrata-lhe, abreviadas em doze horas, todas as alternativas climáticas vindouras. Se durante ele chove, será chuvoso o inverno: se ao contrário, o sol atravessa abrasadoramente o firmamento claro, estão por terra todas as suas esperanças.

A seca é inevitável.

Os sertões

[*PEDRA BONITA*]

As agitações sertanejas, do Maranhão, à Bahia, não tiveram ainda um historiador. Não as esboçaremos sequer. Tomemos um fato, entre muitos, ao acaso.

No termo de Pajeú, em Pernambuco, os últimos rebentos das formações graníticas da costa se alteiam, em formas caprichosas, na serra *Talhada*, dominando, majestosos, toda a região em torno e convergindo em largo anfiteatro acessível apenas por estreita garganta, entre muralhas a pique. No âmbito daquele, como púlpito gigantesco, ergue-se um bloco solitário – a *Pedra Bonita*.

Este lugar foi, em 1837, teatro de cenas que recordam as sinistras solenidades religiosas dos Achantis. Um mamaluco ou cafuz, um iluminado, ali congregou toda a população dos sítios convizinhos e, engrimpando-se à pedra, anunciava, convicto, o próximo advento do reino encantado do rei D. Sebastião. Quebrada a pedra, a que subira, não a pancadas de marreta, mas pela ação miraculosa do sangue das crianças, esparzido sobre ela em holocausto, o grande rei irromperia envolto de sua guarda fulgurante, castigando, inexorável, a humanidade ingrata, mas cumulando de riquezas os que houvessem contribuído para o *desencanto*.

Passou pelo sertão um frêmito de nevrose...

O transviado encontrara meio propício ao contágio da sua insânia. Em torno da ara monstruosa comprimiam-se as mães erguendo os filhos pequeninos e lutavam, procurando-

-lhes a primazia no sacrifício... O sangue espadanava sobre a rocha jorrando, acumulando-se em torno; e, afirmam os jornais do tempo, em cópia tal que, depois de desfeita aquela lúgubre farsa, era impossível a permanência no lugar infeccionado.

Por outro lado, fatos igualmente impressionadores contrabatem tais aberrações. A alma de um matuto é inerte ante as influências que o agitam. De acordo com estas pode ir da extrema brutalidade ao máximo devotamento.

Vimo-la neste instante, pervertida pelo fanatismo. Vejamo-la transfigurada pela fé.

Os sertões

[MONTE SANTO]

Monte Santo é um lugar lendário.

Quando, no século XVII, as descobertas das minas determinaram a atração do interior sobre o litoral, os aventureiros que ao norte investiam com o sertão, demandando as serras da Jacobina, arrebatados pela miragem das minas de prata e rastreando o itinerário enigmático de Belchior Dias, ali estacionavam longo tempo. A serra solitária – a *Piquaraçá* dos roteiros caprichosos – dominando os horizontes, norteava-lhes a marcha vacilante.

Além disto, atraía-os por si mesma, irresistivelmente.

É que em um de seus flancos, escritas em caligrafia ciclópica com grandes pedras arrumadas, apareciam letras singulares – um A, um L e um S – ladeadas por uma cruz, de modo a fazerem crer que estava ali e não avante, para o ocidente ou para o sul, o *eldorado* apetecido.

Esquadrinharam-na, porém, debalde os êmulos do Muribeca astuto, seguindo, afinal, para outros rumos, com as suas tropas de potiguaras mansos e forasteiros armados de biscainhos...

A serra desapareceu outra vez entre as chapadas que domina...

No fim do século passado, porém, descobriu-a um missionário – Apolônio de Todi. Vindo da missão de Massacará, o maior apóstolo do norte impressionou-se tanto com o aspecto da montanha, "achando-a semelhante ao Calvário de

Jerusalém", que planeou logo a ereção de uma capela. Ia ser a primeira do mais tosco e do mais imponente templo da fé religiosa.

Descreve o sacerdote, longamente, o começo e o curso dos trabalhos e o auxílio franco que lhe deram os povoadores dos lugares próximos. Pinta a última solenidade, procissão majestosa e lenta ascendendo a montanha, entre as rajadas de tufão violento que se alteou das planícies apagando as tochas; e, por fim, o sermão terminal da penitência, exortando o povo a "que nos dias santos viesse visitar os santos lugares, já que vivia em tão grande desamparo das coisas espirituais".

"E aqui, termina, sem pensar em mais nada disse que daí em diante, não chamariam mais serra de *Piquaraçá*, mas sim *Monte Santo*."

E fez-se o templo prodigioso, monumento erguido pela natureza e pela fé, mais alto que as mais altas catedrais da terra.

A população sertaneja completou a empresa do missionário.

Hoje, quem sobe a extensa *via sacra* de três quilômetros de comprimento, em que se erigem, a espaços, vinte e cinco capelas de alvenaria, encerrando painéis dos *passos,* avalia a constância e a tenacidade do esforço despendido.

Amparada por muros capeados; calçada em certos trechos; tendo, noutros, como leito, a rocha viva talhada em degraus, ou rampeada, aquela estrada branca, de quartzito, onde ressoam, há cem anos, as litanias das procissões da quaresma e têm passado legiões de penitentes, é um prodígio de engenharia rude e audaciosa. Começa investindo com a montanha, segundo a normal de máximo declive, em rampa de cerca de vinte graus. Na quarta ou quinta capelinha inflecte à esquerda e progride menos íngreme. Adiante, a partir da capela maior – ermida interessantíssima erecta num ressalto da pedra a cavaleiro do abismo – volta à direita, diminuindo de declive até à linha de cumeadas. Segue por esta segundo uma selada breve. Depois se alteia, de improviso, retilínea, em ladeira forte, arremetendo com o vértice pontiagudo do monte, até ao *Calvário,* no alto!

À medida que ascende, ofegante, estacionando nos *passos*, o observador depara perspectivas que seguem num crescendo de grandezas soberanas: primeiro, os planos das chapadas e tabuleiros, esbatidos embaixo em planícies vastas; depois, as serranias remotas, agrupadas, longe, em todos os quadrantes; e, atingido o alto, o olhar a cavaleiro das serras – o espaço indefinido, a emoção estranha de altura imensa, realçada pelo aspecto da pequena vila, embaixo, mal percebida na confusão caótica dos telhados.

E quando, pela *semana santa,* convergem ali as famílias da redondeza e passam os crentes pelos mesmos flancos em que vaguearam outrora, inquietos de ambição, os aventureiros ambiciosos, vê-se que Apolônio de Todi, mais hábil que o Muribeca, decifrou o segredo das grandes letras de pedra, descobrindo o *el-dorado* maravilhoso, a mina opulentíssima oculta no deserto...

Os sertões

[ANTÔNIO CONSELHEIRO]

É natural que estas camadas profundas da nossa estratificação ética se sublevassem numa anticlinal extraordinária – Antônio Conselheiro...
A imagem é corretíssima.
Da mesma forma que o geólogo, interpretando a inclinação e a orientação dos estratos truncados de antigas formações, esboça o perfil de uma montanha extinta, o historiador só pode avaliar a altitude daquele homem, que por si nada valeu, considerando a psicologia da sociedade que o criou. Isolado, ele se perde na turba dos nevasticos vulgares. Pode ser incluído numa modalidade qualquer de psicose progressiva. Mas posto em função do meio, assombra. É uma diátese, e é uma síntese. As fases singulares da sua existência não são, talvez períodos sucessivos, de uma moléstia grave, mas são, com certeza, resumo abreviado dos aspectos predominantes de mal social gravíssimo. Por isso o infeliz, destinado à solicitude dos médicos, veio, impelido por uma potência superior, bater de encontro a uma civilização, indo para a história como poderia ter ido para o hospício. Porque ele para o historiador não foi um desequilibrado. Apareceu como integração de caracteres diferenciais – vagos, indecisos, mal percebidos quando dispersas na multidão, mas enérgicos e definidos, quando resumidos numa individualidade.

Todas as crenças ingênuas, do fetichismo bárbaro às aberrações católicas, todas as tendências impulsivas das raças inferiores, livremente exercitadas na indisciplina da vida sertaneja, se condensaram no seu misticismo feroz e extravagante. Ele foi, simultaneamente, o elemento ativo e passivo da agitação de que surgiu. O temperamento mais impressionável apenas fê-lo absorver as crenças ambientes, a princípio numa quase passividade pela própria receptividade mórbida do espírito torturado de reveses, e elas refluíram, depois, mais fortemente, sobre o próprio meio de onde haviam partido, partindo da sua consciência delirante.

É difícil traçar no fenômeno a linha divisória entre as tendências pessoais e as tendências coletivas: a vida resumida do homem é um capítulo instantâneo da vida de sua sociedade...

Acompanhar a primeira é seguir paralelamente e com mais rapidez a segunda; acompanhá-las juntas é observar a mais completa mutalidade de influxos.

Considerando em torno, o falso apóstolo, que o próprio excesso de subjetivismo predispusera à revolta contra a ordem natural, como que observou a fórmula do próprio delírio. Não era um incompreendido. A multidão aclamava-o representante natural das suas aspirações mais altas. Não foi, por isto, além. Não deslizou para a demência. No gravitar contínuo para o mínimo de uma curva, para o completo obscurecimento da razão, o meio reagindo por sua vez amparou-o, corrigindo-o, fazendo-o estabelecer encadeamento nunca destruído nas mais exageradas concepções, certa ordem no próprio desvario, coerência indestrutível em todos os atos e disciplina rara em todas as paixões, de sorte que ao atravessar largos anos, nas práticas ascéticas, o sertão alvorotado, tinha na atitude, na palavra e no gesto, a tranquilidade, a altitude e a resignação soberana de um apóstolo antigo.

Doente grave, só lhe pode ser aplicado o conceito da paranoia, de Tanzi e Riva.

Em seu desvio ideativo vibrou sempre, a bem dizer exclusiva, a nota étnica. Foi um documento raro de atavismo. A constituição mórbida levando-o a interpretar caprichosamente as condições objetivas, e alterando-lhe as relações com o mundo exterior, traduz-se fundamentalmente como uma regressão ao estádio mental dos tipos ancestrais da espécie.

Os sertões

[A HISTÓRIA REPETE-SE]

*E*vitada a intrusão dispensável de um médico, um antropologista encontrá-lo-ia normal, marcando logicamente certo nível da mentalidade humana, recuando no tempo, fixando uma fase remota da evolução. O que o primeiro caracterizaria como caso franco de delírio sistematizado, na fase persecutória ou de grandezas, o segundo indicaria como fenômeno de incompatibilidade com as exigências superiores da civilização um anacronismo palmar, a revivescência de atributos psíquicos remotíssimos. Os traços mais típicos do seu misticismo estranho, mas naturalíssimo para nós, já foram, dentro de nossa era, aspectos religiosos vulgares. Deixando mesmo de lado o influxo das raças inferiores, vimo-los há pouco, de relance, em período angustioso da vida portuguesa.

Poderíamos apontá-los em cenário mais amplo. Bastava que volvêssemos aos primeiros dias da Igreja, quando o gnosticismo universal se erigia como transição obrigatória entre o paganismo e o cristianismo, na última fase do mundo romano em que, precedendo o assalto dos Bárbaros, a literatura latina do ocidente declinou, de súbito, mal substituída pelos sofistas e letrados tacanhos de Bizâncio.

Com efeito, os montanistas da Frígia, os adamitas infames, os ofiólatras, os maniqueus bifrontes entre o ideal cristão emergente e o budismo antigo, os discípulos de Markos, os encratitas abstinentes e macerados de flagícios, todas as seitas em que se fracionava a religião nascente, com os seus doutores histéricos e exegeses hiperbólicas, forneceriam hoje casos repugnantes de insânia. E foram normais. Acolchetaram-se bem a todas as tendências da época em que as extravagâncias de Alexandre Abnótico abalavam a Roma de Marco Aurélio, com as procissões fantásticas, os seus mistérios e os seus sacrifícios tremendos de leões lançados vivos ao Danúbio, com solenidades imponentes presididas pelo imperador filósofo...

A história repete-se.

Antônio Conselheiro foi um gnóstico bronco.

Veremos mais longe a exação do símile.

Os sertões

[MISTICISMO COMPRIMIDO]

Paranoico indiferente, este dizer, talvez, mesmo não lhe possa ser ajustado, inteiro. A regressão ideativa que patenteou, caracterizando-lhe o temperamento vesânico, é, certo, um caso notável de degenerescência intelectual, mas não o isolou – incomprendido, desequilibrado, retrógrado, rebelde – no meio em que agiu.

Ao contrário, este fortaleceu-o. Era o profeta, o emissário das alturas, transfigurado por ilapso estupendo, mas adstrito a todas as contingências humanas, passível do sofrimento e da morte, e tendo uma função exclusiva: apontar aos pecadores o caminho da salvação. Satisfez-se sempre com este papel de delegado dos céus. Não foi além. Era um servo jungido à tarefa dura; e lá se foi, caminho dos sertões bravios, largo tempo, arrastando a carcaça claudicante, arrebatado por aquela ideia fixa, mas de algum modo lúcido em todos os atos, impressionando pela firmeza nunca abalada e seguindo para um objetivo fixo com finalidade irresistível.

A sua frágil consciência oscilava em torno dessa posição média, expressa pela linha que Maudsley lamenta não se poder traçar entre o bom-senso e a insânia.

Parou aí indefinidamente, nas fronteiras oscilantes da loucura, nessa zona mental onde se confundem facínoras e heróis, reformadores brilhantes e aleijões tacanhos, e se acotovelam gênios e degenerados. Não a transpôs. Recalcado pela disciplina vigorosa de uma sociedade culta, a sua nevrose explodiria na revolta, o seu misticismo comprimido esmagaria a razão. Ali, vibrando a primeira uníssona com o sentimento ambiente, difundido o segundo pelas almas todas que em torno se congregavam, se normalizaram.

Os sertões

[FOI UM MILAGRE]

    Mas Antônio Conselheiro, que nos dias normais mesmo evitava encará-las, naquelas aperturas estabeleceu separação completa. Subiu com meia dúzia de fiéis para os andaimes altos da igreja nova, e fez retirar, depois, a escada.
    O grupamento agitado ficou embaixo, imprecando, chorando, rezando. Não olhou sequer o apóstolo esquivo, atravessando impassível sobre as tábuas que inflectiam, rangendo. Atentou para o povoado revolto, em que se atropelavam, prófugos, os desertores da fé, e preparou-se para o martírio inevitável...
    Neste comenos sobreveio a nova de que a força recuava.
    Foi um milagre. A desordem desfechava em prodígio.

Os sertões

[RETIRADA]

Começara, de fato, a retirada.

Extintas as esperanças de sucesso, resta aos exércitos infelizes o recurso desse oscilar entre a derrota e o triunfo, numa luta sem vitórias em que, entretanto, o vencido vence em cada passo que consegue dar para a frente, pisando, indomável, o território do inimigo – e conquistando a golpes de armas todas as voltas dos caminhos.

Ora, a retirada do major Febrônio se, pelo restrito do campo em que se operou, não se equipara a outros feitos memoráveis, pelas circunstâncias que a enquadraram é um dos episódios mais emocionantes de nossa história militar. Os soldados batiam-se ia para dois dias, sem alimento algum, entre os quais mediava o armistício enganador de uma noite de alarmas; cerca de setenta feridos enfraqueciam as fileiras; grande número de estropiados mal carregavam as armas; os mais robustos deixavam a linha de fogo para arrastarem os canhões ou arcavam sob feixes de espingardas, ou ainda, em padiolas, transportavam malferidos e agonizantes; – e, na frente desta multidão revolta, se estendia uma estrada de cem quilômetros, em sertão maninho, inçado de tocaias...

Ao perceberem o movimento, os jagunços encalçaram-na.

Capitaneava-os, agora, um mestiço de bravura inexcedível e ferocidade rara, Pajeú. Legítimo cafuz, no seu temperamento impulsivo acolchetavam-se todas as tendências das raças inferiores que o formavam. Era o tipo completo do lutador primitivo – ingênuo, feroz e destemeroso – simples e mau, brutal e infantil, valente por instinto, herói sem o saber – um belo caso de retroatividade atávica, forma retardatária de troglodita sanhudo aprumando-se ali com o mesmo arrojo com que, nas velhas idades, vibrava o machado de sílex à porta das cavernas...

Este bárbaro ardiloso distribuiu os companheiros pelas caatingas, ladeando as colunas.

Estas marchavam lutando. Dado um último choque partindo o círculo assaltante, começou a desfilar pelas veredas ladeirentas, sem que se lobrigasse, neste movimento gravíssimo, o mais sério das guerras, o mais breve resquício de preceitos táticos, onde avulta a clássica formatura em escalões, permitindo às unidades combatentes alternarem-se na repulsa.

É que a expedição perdera de todo em todo a estrutura militar, nivelados oficiais e praças de pré pelo mesmo sacrifício. Enquanto o comandante, cujo ânimo não afrouxara, procurava os pontos mais arriscados; enquanto capitães e subalternos, sobraçando carabinas, se precipitavam, de mistura com as praças de pré, em cargas feitas sem vozes de comando, um sargento, contra todas as praxes, dirigia a vanguarda.

Desta maneira penetraram de novo nas gargantas do Cambaio. Ali estava a mesma passagem temerosa, estreitando-se em gargantas, ou içada à meia encosta, num releixo sobre os abismos; entalando-se entre escarpas; aberta a esmo ao viés das vertentes; sobranceada em todo o percurso pelas trincheiras alterosas. Uma variante apenas: de bruços ou de supino sobre as pedras, desenlapando-se à boca das furnas, esparsos pelas encostas, viam-se os jagunços vitimados na véspera.

Os companheiros sobreviventes passavam-lhes, agora, de permeio, parecendo uma turba vingadora de demônios entre caída multidão de espectros...

Não arremetiam mais em chusma sobre a linha, desafiando as últimas granadas; flanqueavam-na, em correrias pelos altos, deixando que agisse, quase exclusiva, a sua arma formidável – a terra. Esta bastava-lhes. O curiboca que partira a lazarina ou perdera o ferrão no torvelinho, volvia o olhar em torno – e a montanha era um arsenal. Ali estavam blocos esparsos ou arrumados em pilhas vacilantes prestes a desencadear o potencial de quedas violentas, pelos declives. Abarcava-os; transmudava a espingarda imprestável em alavanca; e os monólitos abalados oscilavam, e caíam, e rolavam, a princípio em rumo incerto entre as dobras do terreno, depois, mais rápidos, pelas normais de máximo declive, despenhando-se, por fim, vertiginosamente, em saltos espantosos; e batendo contra as outras pedras, e esfarelando-as em estilhas, passavam como balas rasas monstruosas sobre as tropas apavoradas.

Estas, embaixo, salvavam-se cobertas pelo ângulo morto do próprio caminho à meia encosta, sob uma avalancha de blocos e graeiros. As fadigas da marcha abatiam-nas mais que o inimigo. O sol culminara ardente e a luz crua do dia tropical, caindo na região pedregosa e despida, refluía aos espaços num flamejar de queimadas grandes alastrando-se pelas serras.

A natureza toda quedava-se imóvel naquele deslumbramento, sob o espasmo da canícula. Os próprios tiros mal quebravam o silêncio: não havia ecos nos ares rarefeitos, irrespiráveis. Os estampidos estalavam, secos, sem ressoarem; e a brutalidade humana rolava surdamente dentro da quietude universal das coisas...

A travessia das trincheiras foi lenta.

Entretanto, os sertanejos por bem dizer não agrediam.

Num tripúdio de símios amotinados pareciam haver transmudado tudo aquilo num passatempo doloroso e num apedrejamento. Desfilavam pelos altos em corrimaças turbulentas e ruidosas. Os lutadores embaixo seguiam como atores infelizes, no epílogo de um drama mal representado. Toda a agitação de dois dias sucessivos de combates e provações tinha o repentino desfecho de uma arruaça sinistra. Piores que as descargas, ouviam brados irônicos e irritantes, cindidos de longos assovios e cachinadas estrídulas, como se os encalçasse uma mátula barulhenta de garotos incorrigíveis.

Assim chegaram, ao fim de três horas de marcha, a Bendegó de Baixo. Salvou-os a admirável posição desse lugar, breve planalto em que se complana a estrada, permitindo mais eficazes recursos de defesa.

O último recontro aí se fez, ao cair da noite, à meia-luz dos rápidos crepúsculos do sertão.

Foi breve, mas temeroso. Os jagunços deram a última investida com a artilharia, que timbravam em arrebatar à tropa. As metralhadoras, porém, disparadas a cavaleiro, rechaçaram-nos; e, varridos à metralha, deixando vinte mortos, rolaram para as baixadas perdendo-se na noite...

Estavam findas as horas de provações.

Um incidente providencial completou o sucesso. Fustigado talvez pelas balas, um rebanho de cabras ariscas invadiu o acampamento, quase ao tempo em que refluíam os sertanejos repelidos. Foi uma diversão feliz. Homens absolutamente exaustos apostaram carreiras doidas com os velozes animais em torno dos quais a força circulou delirante, de alegria, prefigurando os regalos de um banquete, após dois dias de jejum forçado; e, uma hora depois, acocorados em torno das fogueiras, dilacerando carnes apenas sapecadas – andrajosos, imundos, repugnantes – agrupavam-se, tintos pelos clarões dos braseiros, os heróis infelizes, como um bando de canibais famulentos em repasto bárbaro...

A expedição no outro dia, cedo, prosseguiu para Monte Santo.

Não havia um homem válido. Aqueles mesmos que carregavam os companheiros sucumbidos claudicavam, a cada passo, com os pés sangrando, varados de espinhos e cortados pelas pedras. Cobertos de chapéus de palha grosseiros, fardas em trapos, alguns tragicamente ridículos mal velando a nudez com os capotes em pedaços, mal alinhando-se em simulacro de formatura, entraram pelo arraial lembrando uma turma de retirantes, batidos dos sóis bravios, fugindo à desolação e à miséria.

A população recebeu-os em silêncio.

Os sertões

[JAGUNÇOS]

Logo ao apontar da manhã distribuíam-se os trabalhos. Não faltavam braços; havia-os até de sobra. Destacavam-se piquetes vigilantes, de vinte homens cada um, ao mando de cabecilha de confiança, para vários pontos de acesso – em Cocorobó, junto à confluência do Macambira, na baixada das Umburanas e no alto da Favela, a fim de renderem os que ali haviam atravessado a noite, velando. Seguiam para as insignificantes plantações, estiradas pelas duas margens do rio, os que na véspera já tinham pago o tributo de se entregarem ao serviço comum. Dirigiam-se para as obras da igreja, outros; e outros – os mais ardilosos e vivos – para mais longe, para Monte Santo, para o Cumbe, para Queimadas, em comissões delicadas, indagando acerca dos novos invasores, confabulando com os fiéis que naquelas localidades se afrontavam com a vigilância das autoridades, adquirindo armamentos, ajeitando contrabandos afinal fáceis de serem feitos, espiando tudo, de tudo inquirindo cautelosamente.

    E partiam felizes. Pelos caminhos fora passavam pequenos grupos ruidosos, carregando armas ou ferramentas de trabalho, cantando. Olvidavam os morticínios anteriores. No ânimo de muitos repontava a esperança de que os deixariam, afinal, na quietude da existência simples do sertão.

Os sertões

[FORTALEZA MONSTRUOSA]

Os chefes, porém, não se iludiam. Premunidos de cautelas, concertaram na defesa urgente. Pelos dias ardentes, viam-se os sertanejos esparsos sobre o alto dos cerros e à ourela dos caminhos, rolando, carregando ou amontoando pedras, rasgando a terra a picareta e a enxada numa faina incessante. Construíam trincheiras.

O sistema era, pela rapidez, um ideal de fortificação passageira: aberta cavidade circular ou elíptica, em que pudesse ocultar-se e mover-se à vontade o atirador, bordavam-na de pequenos espaldões de pedras justapostas, com interstícios para se enfiar o cano das espingardas. As placas de talcoxisto, facilmente extraídas com todas as formas desejadas, facilitavam a tarefa. Explicam o extraordinário número desses fojos tremendos que progredindo, regularmente intervalados, para todos os rumos, crivando a terra toda em roda de Canudos, semelhavam canhoneiras incontáveis de uma fortaleza monstruosa e sem muros. Eram locadas, cruzando os fogos sobre as veredas, de tal modo que, sobretudo nos longos trechos onde aquelas seguem aproveitando o leito seco dos riachos, tornavam dificílima a travessia à tropa mais robusta e ligeira. E como previssem que esta, procurando escapar àquelas passagens perigosas, volvesse aos lados assaltando e conquistando as trincheiras que as orlavam, fizeram próximas, no alto das barrancas, outras mais distantes e identicamente dispostas, em que se pudessem acolher e continuar o combate os atiradores repelidos. De sorte que, seguindo pelos caminhos ou abandonando-os, os antagonistas seriam sempre colhidos numa rede de balas.

É que os rebeldes dispensavam quaisquer ensinamentos para estes preparativos. A terra era um admirável modelo: serrotes empinando-se em redutos, rios escavando-se em passagens cobertas e fossos; e, por toda a parte, as caatingas trançadas em abatises naturais. Escolhiam os arbustos mais altos e frondosos. Trançavam-lhes jeitosamente os galhos interiores, sem lhes desfazer a fronde, de modo a se formar, dois metros sobre o chão, pequeno jirau, suspenso, capaz de suportar comodamente um ou dois atiradores invisíveis, ocultos na folhagem. Eram uma usança avoenga, aqueles mirantes singulares com os quais desde muito vezavam tocaiar os canguçus bravios. Os mutãs dos indígenas intercalavam-se, deste modo, destacadamente, completando o alinhamento das trincheiras. Ou então dispositivos mais sérios. Descobriam um cerro coroado de grandes blocos redondos, em acervos. Desentupiam as suas junturas e as largas brechas, onde viçavam cardos e bromélias; abriam-nas como postigos estreitos, mascarados de espessos renques de gravatás; limpavam depois os repartimentos interiores; e moviam-se, por fim, folgadamente, entre os corredores do monstruoso *blockauss* dominante sobre as várzeas e os caminhos, e de onde podiam, sem riscos, alvejar os mais remotos pontos.

Os sertões

[ARSENAIS ATIVOS]

*N*ão ficavam nisto os preparativos. Reparavam-se as armas. No arraial estrugia a orquestra estridente das bigornas, à cadência dos malhos e marrões: enrijando e maleando as foices entortadas; aguçando e aceirando os ferrões buídos; temperando as lâminas largas das *facas de arrasto,* compridas como espadas; retesando os arcos, que lembram uma transição entre as armas dos selvagens e a antiga besta de polé; consertando a fecharia perra das velhas espingardas e garruchas. E das tendas abrasantes irrompia um ressoar metálico de arsenais ativos.

Os sertões

[EXPLOSIVOS]

Não era suficiente a pólvora adquirida nas vilas próximas, faziam-na: tinham o carvão, tinham o salitre, apanhado à flor da terra mais para o norte, junto ao São Francisco, e tinham, desde muito, o enxofre. O explosivo surgia perfeito, de uma dosagem segura, rivalizando bem com os que adotavam nas caçadas.

Os sertões

[MUNIÇÃO]

Não faltavam balas. A guela larga dos bacamartes aceitava tudo: seixos rolados, pedaços de pregos, pontas de chifres, cacos de garrafas, esquírolas de pedras.

Os sertões

[LUTADORES]

*P*or fim não faltavam lutadores *famanazes,* cujas aventuras de pasmar corriam pelo sertão inteiro.

Porque a universalidade do sentimento religioso, de par com o instinto da desordem, ali agremiara não baianos apenas senão filhos de todos os Estados limítrofes. Entre o "jagunço" do São Francisco e o "cangaceiro" dos Cariris, surgiam sob todos os matizes, os valentões tradicionais dos conflitos sertanejos, variando até então apenas no nome, nas sedições parceladas, dos "calangros", dos "balaios" ou dos "cabanos".

Correra nos sertões um toque de chamada...

Os sertões

[SANTUÁRIO]

Nesta situação aflitíssima, saiu a campo, alentando os combatentes robustos mas apreensivos, a legião fragílima da beataria numerosa. Ao anoitecer, acesas as fogueiras, a multidão, genuflexa, prolongava além do tempo consagrado, as rezas, dentro da latada.

Esta, entressachada de ramas aromáticas de cassatinga, tinha, extremando-a, à porta do *Santuário,* uma pequena mesa de pinho coberta de toalha alvíssima.

Abeirava-a, ao findar dos terços, uma figura estranha.

Revestido da longa camisa de azulão, que lhe descia, sem cintura, desgraciosamente, escorrida pelo corpo alquebrado abaixo; torso dobrado, fronte abatida e olhos baixos, Antônio Conselheiro aparecia. Quedava longo tempo, imóvel e mudo, ante a multidão silenciosa e queda. Erguia lentamente a face macilenta, de súbito iluminada por olhar fulgurante e fixo. E pregava.

A noite descia de todo e o arraial repousava sob o império do evangelista humílimo e formidável...

Os sertões

[A ÚLTIMA CURVA DA ESTRADA]

*I*am partir as tropas a 22 de fevereiro. E consoante a praxe, na véspera, à tarde, formaram numa revista em ordem de marcha para que se lhes avaliassem o equipamento e as armas.

A partida realizar-se-ia no dia subsequente, irrevogavelmente. Determinara-a "ordem de detalhe".

Neste pressuposto alinharam-se os batalhões num quadrado, perlongando as faces do largo de Monte Santo.

Ali estavam: o 7º, com efetivo superior ao normal, comandado interinamente pelo Major Rafael Augusto da Cunha Matos; o 9º, que pela terceira vez se aprestava à luta, ligeiramente desfalcado, sob o mando do Coronel Pedro Nunes Tamarindo; frações do 33º e 16º, dirigidas pelo Capitão Joaquim Quirino Vilarim; a bateria de 4 Krupps do 2º regimento, comandada pelo Capitão José Salomão Agostinho da Rocha; um esquadrão de cinquenta praças do 9º de cavalaria, ao mando do Capitão Pedreira Franco; contingentes da polícia baiana, corpo de saúde chefiado pelo Dr. Ferreira Nina; e comissão de engenharia. Excetuavam-se setenta praças do 16º que ficariam com o Coronel Sousa Meneses guarnecendo a vila.

Eram ao todo mil e duzentos e oitenta e um homens – tendo cada um duzentos e vinte cartuchos nas patronas e cargueiros, à parte a reserva de sessenta mil tiros no comboio geral.

Fez-se a revista. Mas contra a expectativa geral, ao invés da voz de ensarilhar armas e debandar, ressooou a corneta ao lado do comando em chefe, dando a de "coluna de marcha".

O Coronel Moreira César, deixando depois, a galope, o lugar onde até então permanecera, tomou-lhe logo a frente.

Iniciava-se quase ao cair da noite a marcha para Canudos.

O fato foi de todo em todo inesperado. Mas não houve o mais leve murmúrio nas fileiras. A surpresa, retratando-se em todos os olhares, não perturbou o rigor da manobra. Retumbaram os tambores na vanguarda; deslocaram-se sucessivamente as seções, desfilando, adiante, a dois de fundo, ao penetrarem o caminho estreito; abalou o trem da artilharia; rodaram os comboios...

Um quarto de hora depois, os habitantes de Monte Santo viam desaparecer, ao longe, na última curva da estrada, a terceira expedição contra Canudos.

Os sertões

[PRIMEIROS ERROS]

A vanguarda chegou em três dias ao Cumbe sem o resto da força, que ficara retardada algumas horas – com o comandante retido numa fazenda próxima por outro ataque de epilepsia.

E na antemanhã de 26, tendo alcançado na véspera o sítio de "Cajazeiras", a duas e meia léguas do Cumbe, abalaram rumo direto ao norte, para "Serra Branca" mais de três léguas na frente.

Esta parte do sertão, na orla dos tabuleiros que se dilatam até Geremoabo, diverge muito das que temos rapidamente bosquejado. É menos revolta e é mais árida. Rareiam os cerros de flancos abruptos e estiram-se chapadas grandes. O aspecto menos revolto da terra, porém, encobre empeços porventura mais sérios. O solo arenoso e chato, sem depressões em que se mantenham, reagindo aos estios, as cacimbas salvadoras, é absolutamente estéril. E como as maiores chuvas ao caírem, longamente intervaladas, maio embebem, prestes desaparecendo sorvidas pelos areais, cobre-o flora mais rarefeita transmudando-se as caatingas em caatanduvas.

Na plenitude do estio de novembro a março, a desolação é completa. Quem por ali se aventura tem a impressão de varar por uma roçada enorme de galhos secos e entrançados, onde a faúlha de um isqueiro ateia súbitos incêndios, se acaso estes não se alastram espontaneamente no fastígio das secas, nos meio-dias quentes, quando o nordeste atrita rijamente as galhadas. Completa-se então a ação esterilizadora do clima, e por maneira tal que naquele trato dos sertões – sem um povoado e onde passam, rápidos, raros viajantes pela estrada de Geremoabo a Bom Conselho – inscrito em vasto círculo irregular tendo como pontos determinantes os povoados que o abeiram, do Cumbe ao sul, a Santo Antônio da Glória ao norte, de Geremoabo a leste, a Monte Santo a oeste, se opera lentamente a formação de um deserto.

As árvores escasseiam. Dominando a vegetação inteira, quase exclusivos em certos trechos, enredam-se, em todos os pontos, mirrados arbúsculos de mangabeiras, único vegetal que ali medra sem decair, graças ao látex protetor que lhe permite, depois das soalheiras e das queimadas, cobrir de folhas e de flores os troncos carbonizados, à volta das estações propícias.

Os sertões

[PITOMBAS]

*I*am nestas disposições admiráveis quando chegaram a "Pitombas".

O pequeno ribeirão que ali corre, recortando fundamente o solo, ora ladeia, ora atravessa a estrada, interrompendo-a, serpeante. Por fim a deixa antes de chegar ao sítio a que dá o nome, arqueando-se em volta longa, um quase semicírculo de que o caminho é a corda.

Os sertões

[REPELÃO VALENTE]

*T*omou por esta a tropa. E quando a vanguarda lhe atingiu o meio, estourou uma descarga de meia dúzia de tiros.
Era afinal o inimigo.

Algum piquete de sobrerronda à expedição, ou ali aguardando-a, que aproveitara a conformação favorável do terreno para um ataque instantâneo, ferindo-a de soslaio, e furtando-se a seguro pelas passagens cobertas das ribanceiras do rio.

Mas atirara com firmeza: abatera, mortalmente ferido, um dos subalternos da companhia de atiradores, o Alferes Poli, além de seis a sete soldados. Descarregara as armas e fugira a tempo de escapar à réplica, que foi pronta.

Para logo conteirados os canhões da divisão Salomão, a metralha explodiu no matagal rasteiro. Os arbustos dobraram acamando-se, como à passagem de ventanias ríspidas. Varreram-no.

Logo depois nos ares, ainda ressoantes dos estampidos, correu triunfalmente o ritmo de uma carga, e destacando-se, desenvolvida em atiradores, do grosso da coluna, a ala direita do 7º lançou-se na direção do inimigo, atufando-se nas macegas, a marche-marche, roçando-as a baioneta.

Foi uma diversão gloriosa e rápida.

O inimigo furtara-se ao recontro. Volvidos minutos, a ala tornou à linha da coluna entre aclamações, enquanto o antigo toque de "trindades", era agora o sinal da vitória, soava em vibrações altíssimas. O comandante em chefe abraçou, num lance de alegria sincera, o oficial feliz que dera aquele repelão valente no antagonista, e considerou auspicioso o encontro. Era quase para lastimar tanto aparelho bélico, tanta gente, tão luxuosa encenação em campanha destinada a liquidar-se com meia dúzia de disparos.

Os sertões

[GENTE DESARMADA]

As armas dos jagunços eram ridículas. Como despojo os soldados encontraram uma espingarda *pica-pau*, leve e de cano finíssimo, sob a barranca. Estava carregada. O Coronel César, mesmo a cavalo, disparou-a para o ar. Um tiro insignificante, de matar passarinho.
– Esta gente está desarmada... – disse tranquilamente.
    E reatou-se a marcha, mais rápida agora, a passos estugados, ficando em Pitombas os médicos e feridos, sob a proteção do contingente policial e resto da cavalaria. O grosso dos combatentes perdeu-se logo adiante, em avançada célere. Quebrara-se, de vez, o encanto do inimigo. Os atiradores e flanqueadores, na vanguarda, batiam o caminho e embrenavam-se nas caatingas, rastreando os espias que acaso por ali houvesse, desinçando-as das tocaias prováveis, ou procurando alcançar os fugitivos que endireitavam para Canudos.
    O recontro fora um choque galvânico. A tropa, a marche-marche, prosseguia, agora, sob a atração irreprimível da luta, nessa ebriez mental perigosíssima, que estonteia o soldado duplamente fortalecido pela certeza da própria força e a licença absoluta para as brutalidades máximas.

Os sertões

[ADVERSÁRIOS EM FUGA]

Porque num exército que persegue há o mesmo automatismo impulsivo dos exércitos que fogem. O pânico e a bravura doida, o extremo pavor e audácia extrema, confundem-se no mesmo aspecto. O mesmo estonteamento e o mesmo tropear precipitado entre os maiores obstáculos, e a mesma vertigem, e a mesma nevrose torturante abalando as fileiras, e a mesma ansiedade dolorosa, estimulam e alucinam com idêntico vigor o homem que foge à morte e o homem que quer matar. É que um exército é, antes de tudo, uma multidão,

> acervo de elementos heterogêneos em que basta irromper uma centelha de paixão para determinar súbita metamorfose, numa espécie de geração espontânea em virtude da qual milhares de indivíduos diversos se fazem um animal único, fera anônima e monstruosa caminhando para dado dejetivo com finalidade irresistível.

Somente a fortaleza moral de um chefe pode obstar esta transfiguração deplorável, descendo, lúcida e inflexível, impondo uma diretriz em que se retifique o tumulto. Os grandes estrategistas têm, instintivamente, compreendido que a primeira vitória a alcançar nas guerras está no debelar esse contágio de emoções violentas e essa instabilidade de sentimentos que com a mesma intensidade lançam o combatente nos mais sérios perigos e na fuga. Um plano de guerra riscado a compasso numa carta, exige almas inertes – máquinas de matar – firmemente encarrilhadas nas linhas que preestabelece.

Mas estavam longe deste ideal sinistro os soldados do Coronel Moreira César, e este ao invés de reprimir a agitação ia ampliá-la. Far-se-ia o expoente da nevrose.

Sobreviera, entretanto, ensejo para normalizar a situação.

Chegaram a Angico, ponto predeterminado da última parada. Ali, estatuíra-se em detalhe, repousariam. Decampariam pela manhã do dia seguinte: cairiam sobre Canudos após duas horas de marcha. O ímpeto que trazia a tropa, porém, teve uma componente favorável nas tendências arrojadas do chefe. Obsediava-o o anseio de vir logo às mãos com o adversário.

A alta do Angico foi de um quarto de hora; o indispensável para mandar tocar a oficiais; reuni-los sobre pequena ondulação dominante sobre os batalhões, ofegantes em torno; e apresentar-lhes, olvidando o axioma de que nada se pode tentar com soldados fatigados, o alvitre de prosseguirem naquela arremetida até ao arraial:

– Meus camaradas! como sabem estou visivelmente enfermo. Há muitos dias não me alimento; mas Canudos está muito perto... vamos tomá-lo!

Foi aceito o alvitre..

– Vamos almoçar em Canudos! – disse, alto.

Respondeu-lhe uma ovação da soldadesca.

A marcha prosseguiu. Eram 11 horas da manhã.

Dispersa na frente a companhia de atiradores revolvia as moiteiras, dentre as quais, distantes, raros tiros, espaçados, de adversários em fuga, estrondavam, como se tivesse o intuito único de a atraírem e ao resto da tropa; espelhando estratégia ardilosa, armada a arrebatá-la até ao arraial naquelas condições desfavoráveis – combalida e exausta de uma marcha de seis horas.

Os sertões

[ARRANCADA LOUCA]

Há um atestado iniludível desta arrancada louca, encurtando o fôlego dos soldados perto da batalha; para que se não remorasse o passo de carga da infantaria, foi permitido às praças arrojarem de si as mochilas, cantis e bornais, e todas as peças do equipamento, excluídos os cartuchos e as armas, que a cavalaria, à retaguarda, ia recolhendo, à medida que encontrava.

Neste avançar desapoderado, galgaram a achada breve do alto das Umburanas, Canudos devia estar muito perto, ao alcance da artilharia. A força fez alto...

Os sertões

[DA FAVELA]

O guia Jesuíno, consultado, apontou com segurança a direção do arraial. Moreira César pôs em batalha a divisão Pradel e, graduada a alça de mira para três quilômetros, mandou dar dois tiros segundo o rumo indicado.

– Lá vão dois cartões de visita ao Conselheiro... – disse, quase jovial, com o humorismo superior de um forte.

A frase passou como um frêmito entre as fileiras. Aclamações. Renovou-se a investida febrilmente.

O sol dardejava a prumo. Transpondo os últimos acidentes fortes do terreno, os batalhões abalaram, dentro de uma nuvem pesada e cálida, de poeira.

De súbito, surpreendeu-os a vista de Canudos.

Estavam no alto da Favela.

Os sertões

[DO ALTO DO MÁRIO]

Ali estava, afinal, a tapera enorme que as expedições anteriores não haviam logrado atingir.

Aparecia, de improviso, toda, numa depressão mais ampla da planície ondulada. E no primeiro momento, antes que o olhar pudesse acomodar-se àquele montão de casebres, presos em rede inextricável de becos estreitíssimos e dizendo em parte para a grande praça onde se fronteavam as igrejas, o observador tinha a impressão exata, de topar, inesperadamente, uma cidade vasta. Feito grande fosso escavado, à esquerda, no sopé das colinas mais altas, o Vasa Barris abarcava-a e inflectia depois, endireitando em cheio para leste, rolando lentamente as primeiras águas da enchente. A casaria compacta em roda da praça, a pouco e pouco se ampliava, distendendo-se, avassalando os cerros para leste e para o norte até às últimas vivendas isoladas, distantes, como guaritas dispersas – sem que uma parede branca ou telhado encaliçado quebrasse a monotonia daquele conjunto assombroso de cinco mil casebres impactos numa ruga da terra. As duas igrejas destacavam-se, nítidas. A nova, à esquerda do observador – ainda incompleta, tendo aprumadas as espessas e altas paredes mestras, envolta de andaimes e bailéus, mascarada ainda de madeiramento confuso de traves, vigas e baldrames, de onde se alteavam as pernas rígidas das cábreas com os moitões oscilantes; – erguida dominadoramente sobre as demais construções, assoberbando a planície extensa; e ampla, retangular, firmemente assente sobre o solo, patenteando nos largos muros grandes blocos dispostos numa amarração perfeita – tinha, com efeito, a feição completa de um baluarte formidável. Mais humilde, construída pelo molde comum das capelas sertanejas, enfrentava-a a igreja velha. E mais para a direita, dentro de uma cerca tosca, salpintado de cruzes pequenas e malfeitas – sem um canteiro, sem um arbusto, sem uma flor – aparecia um cemitério de sepulturas rasas, uma tibicuera triste. Defrontando-as, do outro lado do rio, breve área complanada contrastava com o ondear das colinas estéreis: algumas árvores esparsas, pequenos renques de palmatórias rutilantes e as ramagens virentes de seis pés de quixabeiras davam-lhe o aspecto de um jardim agreste. Aí caía a encosta de um esporão do morro da Favela, avantajando-se até ao rio, onde acabava em corte abrupto. Estes últimos rebentos da serrania tinham a denominação apropriada de "Pelados", pelo desnudo das faldas. Acompanhando o espigão na ladeira, que para eles descamba em boléus, via-se, a meio caminho, uma casa em ruínas, a "Fazenda Velha". Sobranceava-a um socalco forte, o "Alto do Mário".

No fastígio da montanha, a tropa.

Os sertões

[TROAR DA ARTILHARIA]

Chegaram primeiro a vanguarda do 7º e a artilharia, repulsando violento ataque pela direita, enquanto o resto da infantaria galgava as últimas ladeiras. Mal atentaram para o arraial. Os canhões alinharam-se em batalha, ao tempo que chegavam os primeiros pelotões embaralhados e arfando – e abriram o canhoneio disparando todos a um tempo, em tiros mergulhantes.

Não havia errar o alvo desmedido. Viram-se os efeitos das primeiras balas em vários pontos; explodindo dentro dos casebres e estraçoando-os, e enterroando-os; atirando pelos ares tetos de argilas e vigamentos em estilhas; pulverizando as paredes de adobes; ateando os primeiros incêndios...

Em breve sobre a casaria fulminada se enovelou e se adensou, compacta, uma nuvem de poeira e de fumo, cobrindo-a.

Não a divisou mais o resto dos combatentes. O troar solene da artilharia estrugia os ares; reboava longamente por todo o âmbito daqueles ermos, na assonância ensurdecedora dos ecos refluídos das montanhas...

Os sertões

[VULTO IMPASSÍVEL]

Mas, passados minutos, começaram a ouvir-se, nítidas dentro da vibração dos estampidos, precípites vozes argentinas. O sino da igreja velha batia, embaixo, congregando os fiéis para a batalha.

Esta não se travara ainda.

À parte ligeiro ataque de flanco, feito por alguns guerrilheiros contra a artilharia, nenhuma resistência tinham oposto os sertanejos. As forças desenvolveram-se pelo espigão aladeirado, sem que uma só descarga perturbasse o desdobramento; e a fuzilaria principiou, em descargas rolantes e nutridas, sem pontarias. Oitocentas espingardas arrebentando, inclinadas, tiros rasantes, pelo tombador do morro...

Entre os claros do fumo lobrigava-se o arraial. Era uma colmeia alarmada: grupos inúmeros, dispersos, entrecruzando-se no largo, derivando às carreiras pelas barrancas do rio, dirigindo-se para as igrejas, rompendo, sopesando as armas, dos becos; saltando pelos tetos...

Alguns pareciam em fuga, ao longe, no extremo do arraial, pervagantes na orla das caatingas, desaparecendo no descair das colinas. Outros aparentavam incrível tranquilidade, atravessando a passo tardo a praça, alheios ao tumulto e às balas respingadas da montanha.

Toda uma companhia do 7º, naquele momento, fez fogo, por alguns minutos, sobre um jagunço, que vinha pela estrada de Uauá. E o sertanejo não apressava o andar. Parava às vezes. Via-se o vulto impassível aprumar-se ao longe considerando a força por instantes, e prosseguir depois, tranquilamente. Era um desafio irritante. Surpreendidos os soldados atiravam nervosamente sobre o ser excepcional que parecia comprazer-se em ser alvo de um exército. Em dado momento ele sentou-se à beira do caminho e pareceu bater o isqueiro, acendendo o cachimbo. Os soldados riram. O vulto levantou-se e encobriu-se, lento e lento, entre as primeiras casas.

Dali nem um tiro partira. Diminuíra a agitação da praça. Cortavam-na os últimos retardatários. Viram-se passar, correndo, carregando ou arrastando pelo braço crianças, as últimas mulheres, na direção da latada, procurando o anteparo dos largos muros da igreja nova.

Os sertões

[AÇÃO SIMULTÂNEA]

Por fim emudeceu o sino.
A força começou a descer, estirada pelas encostas e justaposta às vertentes. Deslumbrava num irradiar de centenares de baionetas. Considerando-a o chefe expedicionário disse ao comandante de uma das companhias do 7º, junto ao qual se achava:
– Vamos tomar o arraial sem disparar mais um tiro!... à baioneta!
Era uma hora da tarde.
Feita a descida, a infantaria desenvolveu-se, em parte, no vale das quixabeiras extremada à direita pelo 7º, que se alinhara segundo o traçado do Vasa Barris, e à esquerda pelos 9º e 16º mal distendidos em terreno impróprio. A artilharia, no centro, sobre o último esporão dos morros avançado e a prumo sobre o rio, fronteiro e de nível com as cimalhas da igreja nova – fez o eixo desta tenalha prestes a fechar-se, apertando os flancos do arraial.
Era a mais rudimentar das ordens de combate: a ordem paralela simples, feita para os casos excepcionalíssimos de batalhas campais, em que a superioridade do número e da bravura, excluindo manobras mais complexas, permita, em terreno uniforme, a ação simultânea e igual de todas as unidades combatentes.

Os sertões

[ORDEM OBLÍQUA]

Ali era inconceptível. Centralizada pela eminência onde estavam os canhões, a frente do assalto tinha, ao lado umas de outras, formas topográficas opostas: à direita, breve área de nível, facultando investida fácil porque o rio, naquele ponto, além de raso, corre entre bordas deprimidas; à esquerda, a terra mais revolta descaindo em recostos resvalantes e separadas do arraial por um fosso profundo. A observação mais rápida indicava, porém, que estas disposições da extrema esquerda sendo de todo desfavoráveis para os lutadores que devessem percorrê-las rapidamente correndo para o assalto, eram, por outro lado, elemento tático de primeira ordem para uma reserva que ali estacionasse, de prontidão, destinando-se a uma diversão ligeira, ou a intervir oportunamente, segundo as modalidades ulteriores do recontro. Deste modo, o relevo geral do solo ensinava, por si mesmo, a ordem oblíqua, simples ou reforçada numa das alas, e, ao invés do ataque simultâneo, o ataque parcial pela direita firmemente apoiado pela artilharia, cujo efeito, atirando a cerca de pouco mais de cem metros do inimigo, seria fulminante.

Além disto, não havia mais surpresas naquela luta e, caso o adversário desdobrasse, de súbito, imprevistos recursos de defesa, as tropas de reforço, agindo fora do círculo tumultuário do combate, poderiam mais desafogadamente mover-se, segundo as eventualidades emergentes, em manobras decisivas, visando objetivos firmes. O Coronel Moreira César, porém, desdenhara essas condições imperiosas e, arrojando à batalha toda a sua gente, parecia contar menos com a bravura do soldado e competência de uma oficialidade leal que com uma hipótese duvidosa: o espanto e o terror dos sertanejos em fuga, colhidos de improviso por centenares de baionetas. Revelou – claro – este pensamento injustificável, em que havia a insciência de princípios rudimentares da sua arte de par com o olvido de acontecimentos recentes; e cumulou tal deslize planeando a mais desastrosa das disposições assaltantes.

De feito, acometendo a um tempo por dois lados, os batalhões, de um e outro extremo, carregando convergentes para um objetivo único, fronteavam-se a breve trecho, trocando entre si as balas destinadas ao jagunço. Enquanto a artilharia, podendo a princípio bombardear as igrejas e centro do povoado, a pouco e pouco ia tendo restringido o âmbito de sua ação, à medida que avançavam aqueles, até perdê-la de todo, obrigada a emudecer na fase aguda da peleja generalizada, fugindo ao perigo de atirar sobre os próprios companheiros, indistintos com os adversários dentro daquele enredamento de casebres.

A previsão de tais inconvenientes, entretanto, não requeria vistas aquilinas de estrategista emérito. Revelaram-se nos primeiros minutos da ação.

Os sertões

[CIDADELA]

Esta foi iniciada heroicamente, abalando toda a tropa ao ressoar das cornetas de todos os corpos ao tempo que, vibrando de novo o sino da igreja velha, uma fuzilaria intensa irrompia das paredes e tetos das vivendas mais próximas ao rio e estrondavam, numa explosão única, os bacamartes dos guerrilheiros adensados dentro da igreja nova.

Favorecido pelo terreno, o 7º batalhão marchou em acelerado, sob uma saraivada de chumbo e seixos rolados, até à borda do rio. Em breve, vingando a barranca oposta, viram-se à entrada da praça os primeiros soldados, em grupos, sem coisa alguma que lembrasse a formatura do combate. Alguns ali mesmo tombaram ou rolaram na água, arrastados na corrente, que se listrava de sangue. A maioria avançou, batida de soslaio e de frente. Na extrema esquerda uma ala do 9º, vencendo as dificuldades da marcha cheia de tropeços, tomara posição à retaguarda da igreja nova, enquanto o 16º e a ala direita do 7º investiam pelo centro. O combate desenrolou-se logo em toda a plenitude, resumindo-se naquele avançar temerário. Não teve, depois, a evolução mais simples, ou movimento combinado, que revelasse a presença de um chefe.

Principiou a fracionar-se em conflitos perigosos e inúteis, numa dissipação inglória do valor. Era inevitável. Canudos, entretecido de becos de menos de dois metros de largo, trançados, cruzando-se em todos os sentidos, tinha ilusória fragilidade nos muros de taipa que o formavam. Era pior que uma cidadela inscrita em polígonos ou blindada de casamatas espessas. Largamente aberto aos agressores que podiam derruí-lo a coices de arma, que podiam abater-lhe a pulso as paredes e tetos de barro, ou vará-lo por todos os lados, tinha a inconsistência e a flexibilidade traiçoeira de uma rede desmesurada. Era fácil investi-lo, batê-lo, dominá-lo, varejá-lo, aluí-lo; – era dificílimo deixá-lo. Completando a tática perigosa do sertanejo, era temeroso porque não resistia. Não opunha a rijeza de um tijolo à percussão e arrebentamento das granadas, que se amorteciam sem explodirem, furando-lhe de uma vez só dezenas de tetos. Não fazia titubear a mais reduzida secção assaltante, que poderia investi-lo, por qualquer lado, depois de transposto o rio. Atraí-a os assaltos; e atraía irreprimivelmente o ímpeto das cargas violentas, porque a arremetida dos invasores, embriagados por vislumbres de vitória, e disseminando-se, divididos pelas suas vielas em torcicolos, lhe era o recurso tremendo de uma defesa surpreendedora.

Na história sombria das cidades batidas, o humílimo vilarejo ia surgir com um traço de trágica originalidade.

Intacto – era fragílimo; feito escombros – formidável.

Rendia-se para vencer, aparecendo, de chofre, ante o conquistador surpreendido, inexpugnável e em ruínas.

Porque a envergadura de ferro de um exército, depois de o abalar e desarticular todo, esmagando-o, tornando-o montão informe de adobes e madeiras roliças, se sentia inopinadamente manietada, presa entre tabiques vacilantes de pau a pique e cipós, à maneira de uma suçuarana inexperta agitando-se, vigorosa e inútil, nas malhas de armadilha benfeita.

A prática venatória dos jagunços inspirara-lhes, talvez, a criação pasmosa da "cidadela-mundéu".

Ora, as tropas do Coronel Moreira César faziam-na desabar sobre si mesmas.

Os sertões

[PRAÇAS E OFICIAIS]

A princípio, transposto o Vasa Barris, a despeito de algumas baixas, o acometimento figurara-se fácil. Um grupo, arrastado por subalternos valentes, arrancara atrevidamente contra a igreja nova, sem efeito algum compensando-lhe o arrojo, perdendo dois oficiais e algumas praças. Outros, porém contornando aquele núcleo resistente, lançaram-se às primeiras casas marginais ao rio. Tomaram-nas e incendiaram-nas; enquanto os que as guarneciam fugiam, adiante, em busca de outros abrigos. Perseguiram-nos. E nesse perseguir tumultuário, realizado logo nos primeiros minutos do combate, começou a esboçar-se o perigo único e gravíssimo daquele fossado monstruoso: os pelotões dissolviam-se. Entalavam-se nas vielas estreitas, enfiando a dois de fundo por ali dentro, atropeladamente. Torciam centenares de esquinas que se sucediam de casa em casa; dobravam-nas em desordem, de armas suspensas uns, atirando outros ao acaso, à toa, para a frente; e dividiam-se, a pouco e pouco, em seções pervagantes para toda a banda; e partiam-se, estas, por seu turno, em grupos aturdidos cada vez mais dispersos e rarefeitos, dissolvendo-se ao cabo em combatentes isolados...

De longe se tinha o espetáculo estranho de um entocamento de batalhões, afundando, de súbito, no casario indistinto, em cujos tetos de argila se enovelava a fumarada dos primeiros incêndios.

Deste modo, o ataque assumiu logo o caráter menos militar possível. Diferenciou-se em conflitos parciais no cunhal das esquinas, à entrada e dentro das casas.

Estas eram tumultuariamente investidas. Não opunham o menor tropeço. Escancarava-as um coice de arma nas portas ou nas paredes, rachando-as, abrindo por qualquer lado passagens francas. Estavam vazias muitas. Noutras os intrusos tinham, de repente, abocado ao peito um cano de espingarda, ou baqueavam batidos de tiros à queima-roupa, rompendo dos resquícios das paredes. Acudiam-nos os companheiros mais próximos. Enredava-se o pugilato corpo a corpo, brutalmente, até que os soldados, mais numerosos, transpusessem o portal estreito do casebre. Lá dentro, encouchado num recanto escuro, o morador repelido descarregava-lhes em cima o último tiro e fugia. Ou então esperava-os a pé firme, defendendo tenazmente o lar paupérrimo. E revidava terrivelmente – sozinho – em porfia com a mátula vitoriosa, com a qual se afoitava, apelando para todas as armas: repelindo-a a faca e a tiro; vibrando-lhe foiçadas; aferroando-a coma aguilhada; arremessando-lhe em cima os trastes miseráveis; arrojando-se, afinal, ele próprio, inerme, desesperadamente, resfolegando, procurando estrangular o primeiro que lhe caísse entre os braços vigorosos. Em torno mulheres desatinadas disparavam em choros, e rolavam pelos cantos; até baquear no chão, cosido à baioneta ou esmoído a coronhadas, pisoado sob o rompão dos coturnos, o lutador temerário.

Reproduziam-se tais cenas.

Os sertões

[JAGUNÇOS À PORTA]

Quase sempre, depois de expugnar a casa, o soldado faminto não se forrava à ânsia de almoçar, afinal, em Canudos. Esquadrinhava os jiraus suspensos. Ali estavam carnes secas ao sol; cuias cheias de paçoca, a farinha de guerra do sertanejo; aiós repletos de ouricuris saborosos. A um canto os bogós transudantes, túmidos de água cristalina e fresca. Não havia resistir. Atabalhoadamente fazia a refeição num minuto. Completava-a largo trago de água. Tinha, porém, às vezes um pospasto crudelíssimo e amargo – uma carga de chumbo...

Os jagunços à porta assaltavam-no. E invertiam-se os papéis. revivendo o conflito, até baquear no chão – cosido à faca e moído a pauladas, pisado pela alpercata dura, o lutador imprudente.

Os sertões

[LABIRINTO]

*M*uitos se perdiam no inextricável dos becos. Correndo no encalço do sertanejo em fuga, topavam, de súbito, na frente, desembocando duma esquina, cerrado magote de inimigos. Estacavam, atônitos, apenas o tempo necessário para uma pontaria malfeita e uma descarga; e recuavam, depois, metendo-se pelas casas adentro, onde os salteavam, às vezes, novos agressores entocaiados; ou arrojavam-se atrevidamente, dipersando o agrupamento antagonista e dispersando-se – reeditando os mesmos episódios; animados todos pela ilusão de uma vitória vertiginosamente alcançada, de que lhes eram sintoma claro toda aquela desordem, todo aquele espanto, todo aquele alarido e todo aquele pavor do povoado revolto e miserando – alarmado à maneira de um curral invadido por onças bravias e famulentas.

De resto, não tinham insuperáveis obstáculos enfreando-lhes o ímpeto. Os valentes temerários, que apareciam em vários pontos, defendendo os lares, tinham o contrapeso do mulherio acobardado, sacudido das casas a pranchada, a bala e a fogo, e fugindo para toda a banda, clamando, rezando; ou uma legião armada de muletas – velhos trementes, aleijões de toda espécie, enfermos abatidos e mancos.

De sorte que nestas correrias desapoderadas, presos pela vertigem perseguidora, muitos se extraviaram, às tontas, no labirinto das vielas; e tentando aproximar-se dos companheiros, desgarravam-se mais e mais – quebrando, a esmo, mil esquinas breves, perdidos por fim, no arraial convulsionado e imenso.

Os sertões

[PANCADAS DO SINO]

À frente do seu estado-maior, na margem direita do rio, o chefe expedicionário observava este assalto, acerca do qual não podia certamente formular uma única hipótese. A tropa desaparecera toda nos mil latíbulos de Canudos. Lá dentro rolava ruidosamente a desordem, numa assonância golpeada de estampidos, de imprecações, de gritos estrídulos, vibrantes no surdo tropear das cargas. Grupos esparsos, seções em desalinho de soldados, magotes diminutos de jagunços, apareciam, por vezes, inopinadamente, no claro da praça; e desapareciam, logo, mal vistos entre o fumo, embrulhados, numa luta braço a braço...

Nada mais. A situação era afinal inquietadora.

Nada prenunciava desânimo entre os sertanejos.

Os atiradores da igreja nova permaneciam firmes, visando todos os pontos quase impunemente, porque a artilharia por fim evitava alvejá-la temendo quaisquer desvios de trajetória, que lançassem as balas entre os próprios companheiros encobertos: e estalando em cheio no arruído da refrega, ouviam-se mais altas as pancadas repetidas do sino na igreja velha.

Além disto, a ação abrangia apenas a metade do arraial.

A outra, à direita, onde terminava a estrada de Geremoabo, estava indene.

Menos compacta – era menos expugnável. Desenrolava-se numa lomba extensa, permitindo a defesa a cavaleiro do inimigo, e obrigando-o a escaladas penosíssimas. De sorte que, ainda quando a parte investida fosse conquistada, aquela restaria impondo talvez maiores fadigas.

Realmente, embora sem o trovelinho dos becos, as casas isoladas, em disposição recordando vagamente tabuleiros de xadrez, facultavam extraordinário cruzamento de fogos, permitindo a um atirador único apontar para os quadrantes sem abandonar uma esquina. Considerando aquele lado do arraial a situação aclarava-se. Era gravíssima. Ainda contando com o sucesso franco na parte combatida, os soldados triunfantes, mas exaustos, arremeteriam, inúteis, com aquela encosta separada da praça pelo fosso natural de uma sanga profunda. Compreendeu-o o Coronel Moreira César. E ao chegarem a retaguarda, a polícia e o esquadrão de cavalaria, determinou que aquela seguisse à extrema direita, atacando o bairro ainda indene e completando a ação que se desdobrara toda na esquerda. A cavalaria, secundando-a, teve ordem de atacar pelo centro, entre as igrejas.

Uma carga de cavalaria em Canudos...

Era uma excentricidade. A arma clássica das planícies raras, cuja força é o arremesso do choque, surgindo de improviso no fim das disparadas velozes, ali, constrita entre paredes, carregando, numa desfilada dentro de corredores...

O esquadrão – cavalos abombados, rengueando sobre as pernas bambas – largou em meio galope curto até à beira do rio, cujas águas respingavam chofradas de tiros; e não foi adiante. Os animais assustadiços, refugavam. Dilacerados à espora, chibateados à espada, mal vadearam até o meio da corrente, e empinando, e curveteando, freios tomados nos dentes, em galões, cuspindo da sela os cavaleiros, volveram em desordem à posição primitiva. Por seu turno, a polícia, depois de transpor o rio com água pelos joelhos, numa curva à jusante, vacilava ao deparar o álveo resvaladio e fundo da sanga que naquele ponto corre de norte a sul, separando do resto do arraial o subúrbio que devia acometer.

O movimento complementar quebrava-se assim aos primeiros passos. O chefe expedicionário deixou então o lugar em que permanecera, à meia encosta dos Pelados, entre a artilharia e o plaino das quixabeiras:
– Eu vou dar brio àquela gente...

Os sertões

[MOREIRA CÉSAR]

E descia. A meio camimho, porém, refreou o cavalo. Inclinou-se, abandonando as rédeas, sob o arção dianteiro do selim. Fora atingido no ventre por uma bala..
Rodeou-o logo o estado-maior.
– Não foi nada; um ferimento leve, disse, tranquilizando os companheiros dedicados. Estava mortalmente ferido.
Não descavalgou. Volvia amparado pelo Tenente Ávila, para o lugar que deixara, quando foi novamente atingido por outro projetil. Estava fora de combate..
Devia substituí-lo o Coronel Tamarindo, a quem foi logo comunicado o desastroso incidente. Mas aquele nada podia deliberar recebendo o comando quando desanimava de salvar o seu próprio batalhão, na outra margem do rio.
Era um homem simples, bom e jovial, avesso a bizarrear façanhas. Chegara aos sessenta anos candidato a uma reforma tranquila. Fora, ademais, incluído contra a vontade na empresa. E ainda quando tivesse envergadura para aquela crise, não havia mais remediá-la.
A polícia, investindo, copiara afinal o modo de agir dos outros assaltantes – varejando casas e ateando incêndios.
Não se rastreava na desordem o mais leve traço de combinação tática; ou não se podia mesmo imaginá-la.
Aquilo não era um assalto. Era um combater temerário contra barricada monstruosa, que se tornava cada vez mais

impenetrável à medida que a arruinavam e carbonizavam, porque sob os escombros, que atravancavam as ruas, sob os tetos abatidos e entre os esteios fumegantes, deslizavam melhor, a salvo, ou tinham mais invioláveis esconderijos, os sertanejos emboscados.

Além disto, despontava, inevitável, contratempo maior: a noite prestes a confundir os combatentes exaustos de cinco horas de peleja.

Os sertões

[RECUO]

Mas antes que ela sobreviesse, começou o recuo. Apareceram sobre a ribanceira esquerda, esparsos, em grupos estonteadamente correndo, os primeiros contingentes repelidos. Em breve outros se lhes aliaram no mesmo desalinho, rompendo dos cunhais das igrejas e dentre os casebres marginais: soldados e oficiais de mistura, chamuscados e poentos, fardas em tiras, correndo, disparando ao acaso as espingardas, vociferando, alarmados, tontos, titubeantes, em fuga...

Este refluxo que começara à esquerda propagou-se logo à extrema direita. De sorte que, rebatida às posições primitivas, toda a linha do combate, rolou torcida e despedaçada a tiros pela borda do rio abaixo.

Sem comando, cada um lutava a seu modo. Destacaram-se ainda diminutos grupos para queimarem as casas mais próximas ou travarem breves tiroteios. Outros, sem armas e feridos, principiaram a repassar o rio.

Era o desenlace.

Repentinamente, largando as últimas posições, os pelotões, de mistura, numa balbúrdia indefinível, sob a hipnose do pânico, enxurraram na corrente rasa das águas!

Repelindo-se; apisoando os malferidos, que tombavam; afastando rudemente os extenuados trôpegos; derrubando-os, afogando-os, os primeiros grupos bateram contra a margem direita. Aí, ansiando por vingá-la, agarrando-se às gramíneas escassas, especando-se nas armas, filando-se às pernas dos felizes que conseguiam vencê-las, se embaralharam outra vez em congérie ruidosa. Era um fervilhar de corpos transudando vozear estrídulo, e discordante, e longo, dando a ilusão de alguma enchente repentina, em que o Vasa Barris, engrossado, saltasse, de improviso, fora do leito, borbulhando, estrugindo...

Os sertões

[PRIMEIRA NOTA DA AVE-MARIA]

Naquele momento o sineiro da igreja velha interrompeu o alarma.

Vinha caindo a noite. Dentro da claridade morta do crepúsculo soou, harmoniosamente, a primeira nota da Ave-Maria...

Descobrindo-se, atirando aos pés os chapéus de couro ou os gorros de azulão, e murmurando a prece habitual, os jagunços dispararam a última descarga...

Os sertões

[ACAMPAMENTO EM DESORDEM]

Os soldados, transposto o rio, acumularam-se junto à artilharia. Era uma multidão alvorotada sem coisa alguma recordando a força militar, que se decompusera, restando, como elementos irredutíveis, homens atônitos e inúteis, e tendo agora, como preocupação exclusiva, evitarem o adversário que tão ansiosamente haviam procurado.

O cerro em que se reuniam estava próximo demais daquele, e passível, talvez, de algum assalto, à noite. Era forçoso abandoná-lo. Sem ordem, arrastando os canhões, deslocaram-se logo para o Alto do Mário, quatrocentos metros na frente. Ali improvisaram um quadrado incorreto, de fileiras desunidas e bambas, envolvendo a oficialidade, os feridos, as ambulâncias, o trem da artilharia e os cargueiros. Centralizava-o uma palhoça em ruínas – a Fazenda Velha; e dentro dela o comandante em chefe moribundo.

A expedição era agora aquilo: um bolo de homens, animais, fardas e espingardas, entupindo uma dobra de montanha...

Tinha descido a noite – uma destas noites ardentíssimas, mas vulgares no sertão, em que cada estrela, fixa, sem cintilações, irradia como um foco de calor e os horizontes, sem nuvens, iluminam-se, de minuto em minuto, como se refletissem relâmpagos de tempestades longínquas...

Não se via o arraial. Alguns braseiros sem chamas, de madeiras ardendo sob o barro das paredes e tetos; ou luzes esparsas de lanternas mortiças bruxuleando nas sombras, deslizando vagarosamente, como em pesquisas lúgubres, indicavam-no embaixo, e traindo também a vigília do inimigo. Tinham, porém, cessado os tiros e nem uma voz dali subia. Apenas na difusão luminosa das estrelas desenhavam-se, dúbios, os perfis imponentes das igrejas. Nada mais. A casaria compacta, as colinas circundantes, as montanhas remotas, desapareciam na noite.

O acampamento em desordem contrastava a placidez ambiente. Constritos entre os companheiros, cento e tantos feridos e estropiados por ali se agitavam ou se arrastavam, torturados de dores e da sede, quase pisados pelos cavalos que espavoridos nitriam, titubeando no atravancamento das carretas e fardos dos comboios. Não havia curá-los no escuro onde fora temeridade incrível o rápido fulgurar de um fósforo. Além disto não bastava para tantos o número reduzido de médicos, um dos quais – morto, extraviado ou preso – desaparecera à tarde para nunca mais tornar.

Os sertões

[O CORONEL TAMARINDO]

*F*altava, ademais, um comando firme. O novo chefe não suportava as responsabilidades, que o oprimiam. Maldizia talvez, mentalmente, o destino extravagante que o tornara herdeiro forçado de uma catástrofe. Não deliberava. A um oficial que ansiosamente o interpelara sobre aquele transe, respondera com humorismo triste, rimando um dito popular do norte:

> É tempo de muriei
> Cada um cuide de si...

Foi a sua única ordem do dia. Sentado na caixa de um tambor, chupando longo cachimbo, com o estoicismo doente do próprio desalento, o Coronel Tamarindo, respondendo de tal jeito, ou por monossílabos, a todas as consultas, abdicara a missão de remodelar a turba esmorecida e ao milagre de subdividi-la em novas unidades de combate.

Ali estavam, certo, homens de valor e uma oficialidade pronta ao sacrifício. O velho comandante, porém, tivera a intuição de que um ajuntamento em tais conjunturas não significava a soma das energias isoladas e avaliara todos os elementos que, nas coletividades presas de emoções violentas, reduzem sempre as qualidades pessoais mais brilhantes. Quedava impassível, alheio à ansiedade geral, passando de modo tácito o comando a toda a gente. Assim, oficiais incansáveis davam por conta própria providências mais urgentes; retificando o pretenso quadrado, em que se misturavam, a esmo, praças de todos os corpos; organizando ambulâncias e dispondo padiolas; reanimando os ânimos abatidos. Pelo espírito de muitos passara mesmo o intento animador de um revide, um novo assalto logo ao despontar da manhã, descendo a força toda, em arremetida violenta, sobre os fanáticos, depois que os abalasse um bombardeio maior do que o realizado. E concertavam-se em planos visando corrigir o revés com um lance de ousadia. Porque a vitória devia ser alcançada a despeito dos maiores sacrifícios. Pensavam: nos quatro lados daquele quadrado malfeito inscreviam-se os destinos da República. Era preciso vencer. Repugnava-os, revoltava-os, humilhava-os angustiosamente aquela situação ridícula e grave, ali, no meio de canhões modernos, sopesando armas primorosas, sentados sobre cunhetes repletos de cartuchos – e encurralados por uma turba de matutos turbulentos...

A maioria, porém, considerava friamente as coisas. Não se iludia. Um rápido confronto entre a tropa que chegara horas antes, entusiasta e confiante na vitória, e a que ali estava, vencida, patenteava-lhe uma solução única – a retirada.

Os sertões

[CÓLERA E ANGÚSTIA]

Não havia alvitrar outro recurso, ou protraí-lo sequer. Às onze horas, juntos os oficiais, adotaram-no unânimes. Um capitão de infantaria foi incumbido de cientificar da resolução o Coronel Moreira César. Este impugnou-a logo, dolorosamente surpreendido; a princípio calmo, apresentando os motivos inflexíveis do dever militar e demonstrando que ainda havia elementos para uma tentativa qualquer, mais de dois terços da tropa apta para o combate e munições suficientes; depois, num crescendo de cólera e de angústia, se referiu à mácula que para sempre lhe sombrearia o nome. Finalmente explodiu: não o sacrificassem àquela cobardia imensa...

Apesar disto manteve-se a resolução.

Os sertões

[MORTE DE MOREIRA CÉSAR]

*E*ra completar a agonia do valente infeliz. Revoltado deu a sua última ordem: fizessem uma ata de tudo aquilo, deixando-lhe margem para um protesto, em que incluiria o abandono da carreira militar.

A dolorosa reprimenda do chefe ferido por duas balas não moveu, contudo, a oficialidade incólume.

Rodeavam-na, perfeitamente válidos ainda, centenares de soldados, oitocentos talvez; dispunha de dois terços das munições e estava em posição dominante sobre o inimigo...

Mas a luta sertaneja começara, naquela noite, a tomar a feição misteriosa que conservaria até o fim. Na maioria mestiços, feitos da mesma massa dos matutos, os soldados, abatidos pelo contragolpe de inexplicável revés, em que baqueara o chefe reputado invencível, ficaram sob a sugestão empolgante do maravilhoso, invadidos de terror sobrenatural, que extravagantes comentários agravavam.

O jagunço, brutal e entroncado, diluía-se em duende intangível. Em geral os combatentes, alguns feridos mesmo no recente ataque, não haviam conseguido ver um único; outros, os da expedição anterior, acreditavam, atônitos e absortos ante o milagre estupendo, ter visto, ressurretos, dois ou três cabecilhas que, afirmavam convictos, tinham sido mortos no Cambaio; e para todos, para os mais incrédulos mesmo, começou a despontar algo de anormal nos lutadores-fantasmas, quase invisíveis, ante os quais haviam embatido impotentes, mal os lobrigando, esparsos e diminutos, rompendo temerosos dentre ruínas, e atravessando incólumes os braseiros dos casebres em chamas.

É que grande parte dos soldados era do norte, e criara-se ouvindo, em torno, de envolta com o dos heróis dos contos infantis, o nome de Antônio Conselheiro. E a sua lenda extravagante, os seus milagres, as suas façanhas de feiticeiro sem par, apareciam-lhes – então – verossímeis, esmagadoramente, na contraprova tremenda daquela catástrofe.

Pelo meio da noite todas as apreensões se avolumaram. As sentinelas, que cabeceavam nas fileiras frouxas do quadrado, estremeceram, subitamente despertas, contendo gritos de alarma.

Um rumor indefinível avassalara a mudez ambiente e subia pelas encostas. Não era, porém, um surdo tropear de assalto. Era pior. O inimigo, embaixo, no arraial invisível – rezava.

E aquela placabilidade extraordinária – ladainhas tristes, em que predominavam, ao invés de brados varonis, vozes de mulheres, surgindo da ruinaria de um campo de combate – era, naquela hora, formidável. Atuava pelo contraste. Pelo burburinho da soldadesca pasma, os *kyries* estropiados e dolentes, entravam piores que intimações enérgicas. Diziam, de maneira eloquente, que não havia reagir contra adversários por tal forma transfigurados pela fé religiosa.

A retirada impunha-se.

Pela madrugada uma nova emocionante tornou-a urgentíssima. Falecera o Coronel Moreira César.

Os sertões

[O ÚLTIMO EMPUXO]

Era o último empuxo no desânimo geral. Os aprestos da partida fizeram-se, então, no atropelo de um tumulto indescritível. De sorte que, quando ao primeiro bruxulear da manhã uma força constituída por praças de todos os corpos abalou, fazendo a vanguarda, encalçada pelas ambulâncias, cargueiros, fardos, feridos e padiolas, entre as quais a que levantava o corpo do comandante malogrado, nada indicava naquele momento a séria operação de guerra que ia realizar-se.

A retirada era a fuga. Avançando pelo espigão do morro no rumo da Favela e dali derivando pelas vertentes opostas, por onde descia a entrada, a expedição espalhava-se longamente pelas encostas, dispersando-se sem ordem, sem formaturas.

Neste dar as costas ao adversário que, desperto, embaixo, não a perturbara ainda, parecia confiar apenas na celeridade do recuo, para se libertar. Não se dividira em escalões, dispondo-se à defesa-ofensiva característica desses momentos críticos da guerra. Precipitava-se, à toa, pelos caminhos afora. Não retirava, fugia. Apenas uma divisão de dois Krupps, sob o mando de um subalterno de valor, e fortalecida por um contingente de infantaria, permanecera firme por algum tempo no Alto do Mário, como uma barreira anteposta à perseguição inevitável.

Os sertões

[VAIA]

Ao mover-se, afinal, esta fração abnegada foi rudemente investida. O inimigo tinha na ocasião o alento do ataque e a certeza na própria temibilidade. Acometeu ruidosamente, entre vivas entusiásticos, por todos os lados, em arremetida envolvente. Embaixo começou a bater desabaladamente o sino; a igreja nova explodia em descargas, e, adensada no largo, ou correndo para o alto das colinas, toda a população de Canudos contemplava aquela cena, dando ao trágico do lance a nota galhofeira e irritante de milhares de assovios estridentes, longos, implacáveis...

Mais uma vez o drama temeroso da guerra sertaneja tinha o desenlace de uma pateada lúgubre.

O desfecho foi rápido. A última divisão de artilharia replicou por momentos e depois, por sua vez, abalou vagarosamente, pelo declive do espigão acima, retirando.

Era tarde. Adiante até onde alcançava o olhar, a expedição, esparsa e estendida pelos caminhos, estava, de ponta a ponta, flanqueada pelos jagunços...

Os sertões

[DEBANDADA]

E foi uma debandada.

Oitocentos homens desapareciam em fuga, abandonando as espingardas; arriando as padiolas, em que se estorciam feridos; jogando fora as peças de equipamento; desarmando-se; desapertando os cinturões, para a carreira desafogada; e correndo, correndo ao acaso, correndo em grupos, em bandos erradios, correndo pelas estradas e pelas trilhas que a recortam, correndo para o recesso das caatingas, tontos, apavorados, sem chefes...

Entre os fardos atirados à beira do caminho ficara, logo ao desencadear-se o pânico – tristíssimo pormenor! – o cadáver do comandante. Não o defenderam. Não houve um breve simulacro de repulsa contra os inimigos, que não viam e adivinhavam no estrídulo dos gritos desafiadores e nos estampidos de um tiroteio irregular e escasso, como o de uma caçada. Aos primeiros tiros os batalhões diluíram-se.

Os sertões

[VELHO SINO]

Como se não bastasse aquele bombardeio à queima-roupa, descera, a 23 de agosto, do alto da Favela, o Withworth 32. Naquele dia fora ferido o General Barbosa, quando inspecionava a bateria do centro, próxima ao quartel-general da 1ª coluna. De sorte que a vinda do monstruoso canhão dava oportunidade a revide imediato. Este realizou-se logo ao amanhecer do dia subsequente. E foi, de fato, formidando. A grande peça detonou: viu-se arrebentar, com estrondo, o enorme *schrapnell* entre as paredes da igreja, esfarelando-lhe o teto, derrubando os restos do campanário e fazendo saltar pelos ares, revoluteando, estridulamente badalando, como se ainda vibrasse um alarma, o velho sino que chamava ao descer das tardes os combatentes para as rezas...

Os sertões

[JORNADA PERDIDA]

Mas, tirante este incidente, fora perdida a jornada: quebrara-se uma peça do aparelho obturador do canhão fazendo-o emudecer para sempre. Caíram nas linhas de fogo oito soldados, e uma fuzilaria fechada, estupenda, incomparável, entrou pela noite adentro até ao amanhecer. Reatou-se durante o dia, após ligeiro armistício, vitimando mais quatro soldados, que com seis do 26º, que aproveitando o tumulto desertaram, elevaram a dez as perdas do dia. Continuou no dia 26, abatendo cinco praças; matando quatro, no dia 27; quatro, no dia 28; no dia 29, quatro soldados e um oficial; e assim por diante na mesma escala inflexível, que exauria a tropa.

As baixas, somando-se diariamente em parcelas pouco díspares com os claros abertos em todas as fileiras pelos combates anteriores, tinham já, desde meados de agosto, imposto a reorganização das forças rarescentes. Na diminuição que tivera o número de brigadas, passando de sete a cinco, e no descair das graduações dos comandos, percebia-se, apesar dos reforços recém-vindos, o enfraquecimento da expedição.

Os sertões

[EPISÓDIOS SOMBRIOS]

Toda a gente se adaptara à situação. O espetáculo diário da morte dera-lhe a despreocupação da vida. Os antigos lutadores andavam por fim pelo acampamento inteiro, da extrema direita à extrema esquerda, sem as primitivas cautelas. Ao chegarem aos altos expostos mal estugavam o passo ante os projetis, que lhes caíam logo à roda, batendo, ríspido, no chão. Riam-se dos recém-vindos inexpertos, que transpunham os pontos enfiados, retransidos de sustos, correndo, encolhidos, quase de cócoras, num agachamento medonhamente cômico; ou que não refreavam sobressaltos ante a bala que esfuzava perto, riscando um assovio suavíssimo nos ares, como um *psiu* insidiosamente acariciador da morte; ou que não tolhiam interjeições vivas ante incidentes triviais – dois, três ou quatro moribundos, diariamente removidos dos pontos avançados.

Alguns estadeavam o charlatanismo da coragem. Um esnobismo lúgubre. Fardados – vivos dos galões irradiantes ao sol, botões das fardas rebrilhando – quedavam numa aberta qualquer livremente devassada ou aprumavam-se, longe, no cabeço desabrigado de um cerro distante dois quilômetros do arraial, para avaliarem o rigor da mira dos jagunços em alcance máximo. Calejara-os a luta. Narravam aos novos companheiros, insistindo muito nos pormenores dramáticos, as provações sofridas. Os episódios sombrios da Favela com o seu cortejo temeroso de combates e agruras. Os longos dias de privações que vitimavam os próprios oficiais, um alferes, por exemplo, morrendo embuchado, ao desjejuar com punhados de farinha após três dias de fome. As lides afanosas das caçadas aos cabritos ariscos ou das colheitas de frutos avelados nos arbustos mortos. Todos os incidentes. Todas as minúcias. E concluíam que o que restava fazer era pouco – um magro respigar no rebutalho da seara guerreira inteiramente ceifada – porque o antagonista desairado e frágil estertorava agonizando. Aquilo era agora um passatempo ruidoso, e nada mais.

A divisão Auxiliar, porém, não podia ater-se a papel tão secundário: fazer trinta léguas de sertão, apenas para contemplar – espectadora inofensiva e armada dos pés à cabeça – o perdimento do arraial cedendo a pouco e pouco àquele estrangulamento vagaroso, sem a movimentação febril e convulsiva de uma batalha...

Os sertões

[A FALTA DO APÓSTOLO]

Mas o bloqueio, incompleto e com extenso claro ao norte, não reduzira o inimigo aos últimos recursos. Os caminhos para a Várzea da Ema e o Uauá estavam francos, subdividindo-se multívios pelas chapadas em fora, para a extensa faixa do São Francisco, atravessando rincões de todo desconhecidos, até atingirem os insignificantes lugarejos marginais àquele rio, entre Chorrochó e Santo Antônio da Glória. Por ali chegavam pequenos fornecimentos e poderiam entrar, à vontade, novos reforços de lutadores. Porque se dirigiam precisamente nos rumos mais favoráveis, atravessando vasto trato de um território que é o núcleo onde se ligam e se confundem os fundos dos sertões de seis Estados, da Bahia ao Piauí.

Desse modo formavam aos sertanejos a melhor saída, levando-os à matriz em que se haviam gerado todos os elementos da revolta. Em último caso, eram um escape à salvação. A população, trilhando-os, mal seria perseguida nas primeiras léguas, na pior alternativa. Abrigá-la-ia – impérvio e indefinido – o deserto.

Não o fez, porém, embora sentisse acrescida, em torno, a força dos adversários, coincidindo-lhe com o próprio deperecimento. Haviam desaparecido os principais guerrilheiros: Pajeú nos últimos combates de julho; o sinistro João Abade, em agosto; o ardiloso Macambira, recentemente; José Venâncio e outros. Restavam como figuras principais

Pedrão, terrível defensor de Cocorobó, e Joaquim Norberto, guindado ao comando pela carência de outros melhores. Por outro lado, escasseavam os mantimentos e acentuava-se cada vez mais o desequilíbrio entre o número de combatentes válidos, continuamente diminuído e o de mulheres, crianças, velhos, aleijados e enfermos, continuamente crescente. Esta maioria imprestável tolhia o movimento dos primeiros e reduzia os recursos. Podia fugir, escoar-se a pouco e pouco em bandos diminutos pelas veredas que restavam, deixando aqueles desafogados e forrando-se ao último sacrifício. Não o quis. De moto próprio todos os seres frágeis e abatidos, certos da própria desvalia, se devotaram a quase completo jejum, em prol dos que os defendiam. Não os deixaram.

A vida no arraial tornou-se então atroz. Revelaram-na depois a miséria, o abatimento completo e a espantosa magreza de seiscentas prisioneiras. Dias de angústias indescritíveis foram suportados diante das derradeiras portas abertas para a liberdade e para a vida. E permaneceriam para todo o sempre inexplicáveis, se, mais tarde, os mesmos que os atravessaram não revelassem a origem daquele estoicismo admirável. É simples.

Falecera a 22 de setembro Antônio Conselheiro.

Ao ver tombarem as igrejas, arrombado o santuário, santos feitos estilhas, altares caídos, relíquias sacudidas no encaliçamento das paredes e alucinadora visão! – o Bom Jesus repentinamente a apear-se do altar-mor, baqueando sinistramente em terra, despedaçado por uma granada, o seu organismo combalido dobrou-se ferido de emoções violentas. Começou a morrer. Requintou na abstinência costumeira, levando-a a absoluto jejum. E imobilizou-se certo dia, de bruços, a fronte colada à terra, dentro do templo em ruínas.

Ali o encontrou numa manhã Antônio Beatinho.

Estava rígido e frio, tendo aconchegado do peito um crucifixo de prata.

Ora, este acontecimento – capital na história da campanha – e de que parecia dever decorrer o seu termo imediato, contra o que era de esperar aviventou a insurreição. É que, gizada talvez pelo espírito astucioso de algum cabecilha, que prefigurara as consequências desastrosas do fato, ou, o que se pode também acreditar, nascida espontaneamente da hipnose coletiva, logo que a beataria impressionada notou a falta do apóstolo, embora este nos últimos tempos aparecesse raras vezes – se divulgou extraordinária notícia.

Relataram-na depois, ingenuamente, os vencidos:

> Antônio Conselheiro seguira em viagem para o céu. Ao ver mortos os seus principais ajudantes e maior o número de soldados, resolvera dirigir-se diretamente à Providência. O fantástico embaixador estava àquela hora junto de Deus. Deixara tudo prevenido. Assim é que os soldados, ainda quando caíssem nas maiores aperturas, não podiam sair do lugar em que se achavam. Nem mesmo para se irem embora, como das outras vezes. Estavam chumbados às trincheiras. Fazia-se mister que ali permanecessem para a expiação suprema, no próprio local dos seus crimes. Porque o profeta volveria em breve, entre milhões de arcanjos, descendo – gládios flamívomos coruscando na altura – numa revoada olímpica, caindo sobre os sitiantes, fulminando-os e começando o Dia do Juízo...

Desoprimiram-se todas as almas; dispuseram-se os crentes para os maiores tratos daquela penitência, que os salvava; e nenhum deles notou que logo depois, sob pretextos vários, alguns incrédulos, e entre eles Vila Nova, abandonavam a povoação, tomando por ignoradas trilhas.

Saíam ainda em tempo. Eram os últimos que escapavam, porque no dia 24 a situação mudou.

Os sertões

[O BEATINHO]

Um deles era Antônio. O "Beatinho", acólito e auxiliar do Conselheiro. Mulato claro e alto, excessivamente pálido e magro, erecto o busto adelgaçado. Levantava, com altivez de resignado, a fronte. A barba rala e curta emoldurava-lhe o rosto pequeno animado de olhos inteligentes e límpidos. Vestia camisa de azulão e, a exemplo do chefe da grei, arrimava-se a um bordão a que se esteava, andando. – Veio com outro companheiro, entre algumas praças, seguido de um séquito de curiosos.

Ao chegar à presença do general, tirou tranquilamente o gorro azul, de listras e bordas brancas, de linho; e quedou, correto, esperando a primeira palavra do triunfador.

Não foi perdida uma sílaba única do diálogo prontamente travado.

– Quem é você?

– Saiba o seu doutor general que sou Antônio Beato e eu mesmo vim por meu pé me entregar porque a gente não tem mais opinião e não aguenta mais.

E rodava lentamente o gorro nas mãos lançando sobre os circunstantes um olhar sereno..

– Bem. E o Conselheiro?...

– O nosso bom Conselheiro está no céu...

Os sertões

[MORTE DE CONSELHEIRO]

*E*xplicou então que aquele, agravando-se antigo ferimento, que recebera de um estilhaço de granada atingindo-o quando em certa ocasião passava da igreja para o Santuário, morrera a 22 de setembro, de uma disenteria, uma *caminheira* – expressão horrendamente cômica que pôs repentinamente um burburinho de risos irreprimidos naquele lance doloroso e grave.
 O Beato não os percebeu. Fingiu, talvez, não os perceber. Quedou imóvel, face impenetrável e tranquila, de frecha sobre o general, olhar a um tempo humilde e firme. O diálogo prosseguiu:
 – E os homens não estão dispostos a se entregarem?
 – Batalhei com uma porção deles para virem e não vieram porque há um bando lá que não querem. São de muita opinião. Mas não aguentam mais. Quase tudo mete a cabeça no chão de necessidade. Quase tudo está seco de sede...
 – E não podes trazê-los?
 – Posso não. Eles estavam em tempo de me atirar quando saí...
 – Já viu quanta gente aí está, toda bem armada e bem disposta?
 –Eu fiquei espantado!
 A resposta foi sincera, ou admiravelmente calculada. O rosto do altareiro desmanchou-se numa expressão incisiva e rápida, de espanto.

— Pois bem. A sua gente não pode resistir, nem fugir. Volte para lá e diga aos homens que se entreguem. Não morrerão. Garanto-lhes a vida. Serão entregues ao governo da República. E diga-lhes que o governo da República é bom para todos os brasileiros. Que se entreguem. Mas sem condições; não aceito a mais pequena condição...

O Beatinho, porém, recusava-se, obstinado, à missão. Temia os próprios companheiros. Apresentava as melhores razões para não ir.

Nessa ocasião interveio o outro prisioneiro, que até então permanecera mudo.

Viu-se, pela primeira vez, um jagunço bem nutrido e destacando-se do tipo uniforme dos sertanejos. Chamava-se Bernabé José de Carvalho e era um chefe de segunda linha.

Tinha o tipo flamengo, lembrando talvez, o que não é exagerada conjetura, a ascendência de holandeses que tão largos anos por aqueles territórios do norte trataram com o indígena.

Brilhavam-lhe, varonis, os olhos azuis e grandes; o cabelo alourado revestia-lhe, basto, a cabeça chata e enérgica.

Apresentou logo como credencial o mostrar-se duma linhagem superior. Não era um matuto largado. Era casado com uma sobrinha do Capitão Pedra Celeste, de Bom Conselho...

Depois contraveio, num desgarre desabusado, insistindo com o Beatinho recalcitrante:

— Vamos! Homem! vamos embora... Eu falo uma fala com eles... deixe tudo comigo. Vamos!

E foram.

Os sertões

[PRISIONEIROS]

O efeito da comissão, porém, foi de todo em todo inesperado. O Beatinho voltou, passada uma hora, seguido de umas trezentas mulheres e crianças e meia dúzia de velhos imprestáveis. Parecia que os jagunços realizavam com maestria sem par o seu último ardil. Com efeito, viam-se libertos daquela multidão inútil, concorrente aos escassos recursos que acaso possuíam, e podiam, agora, mais folgadamente delongar o combate.

O Beatinho dera – quem sabe? – um golpe de mestre. Consumado diplomata, do mesmo passo poupara às chamas e às balas tantos entes miserandos e aliviara o resto dos companheiros daqueles trambolhos prejudiciais.

A crítica dos acontecimentos indica que aquilo foi, talvez, uma cilada. Nem a exclui a circunstância de ter voltado o asceta ardiloso que a engenhara. Era uma condição favorável, adrede, e astuciosamente aventurada como prova iniludível da boa-fé com que agira. Mas mesmo que assim não considerassem, alentava-o uma aspiração de todo admissível: fazer o último sacrifício em prol da crença comum: devotar-se, volvendo ao acampamento, à sagração do martírio, que desejava, por ventura, ardentemente, com o misticismo doentio de um iluminado. Não há interpretar de outra maneira o fato, esclarecido, ademais, pelo proceder do outro parlamentar que não voltara, permanecendo entre os lutadores, instruindo-os sem dúvida da disposição das forças sitiantes.

A entrada dos prisioneiros foi comovedora. Vinha solene, na frente, o Beatinho, teso o torso desfibrado, olhos presos no chão, e com o passo cadente e tardo exercitado desde muito nas lentas procissões que compartira. O longo cajado oscilava-lhe à mão direita, isocronamente, feito enorme batuta, compassando a marcha verdadeiramente fúnebre. A um de fundo, a fila extensa, tracejando ondulada curva pelo pendor da colina, seguia na direção do acampamento, passando ao lado do quartel da primeira coluna e acumulando-se, cem metros adiante, em repugnante congérie de corpos repulsivos em andrajos.

Os combatentes contemplavam-nos e entristecidos. Surpreendiam-se; comoviam-se. O arraial, *in extremis,* punha-lhes adiante, naquele armistício, uma legião desarmada, mutilada, faminta e claudicante, num assalto mais duro que o das trincheiras em fogo. Custava-lhes admitir que toda aquela gente inútil e frágil saísse tão numerosa ainda dos casebres bombardeados durante três meses. Contemplando-lhes os rostos baços, os arcabouços esmirrados e sujos, cujos molambos em tiras não encobriam lanhos, escaras e escalavros – a vitória tão longamente apetecida decaía de súbito. Repugnava aquele triunfo. Envergonhava. Era, com efeito, contraproducente compensação a tão luxuosos gastos de combates, de reveses e de milhares de vidas, o apresamento daquela caqueirada humana – do mesmo passo angulhenta e sinistra, entre trágica e imunda, passando-lhes pelos olhos, num longo enxurro de carcaças e molambos...

Nem um rosto viril, nem um braço capaz de suspender uma arma, nem um peito resfolegante de campeador domado: mulheres, sem-número de mulheres, velhas espectrais, moças envelhecidas, velhas e moças indistintas na mesma fealdade, escaveiradas e sujas, filhos escanchados nos quadris desnalgados, filhos encarapitados às costas, filhos suspensos aos peitos murchos, filhos arrastados pelos braços, passando; crianças, sem-número de crianças; velhos, sem-número de velhos; raros homens, enfermos opilados, faces túmidas e mortas, de cera, bustos dobrados, andar cambaleante.

Pormenorizava-se. Um velho absolutamente alquebrado, soerguido por alguns companheiros, perturbava o cortejo. Vinha contrafeito. Forçava por se livrar e volver atrás os passos. Voltava-se, braços trêmulos e agitados, para o arraial onde deixara certo os filhos robustos, na última refrega. E chorava. Era o único que chorava. Os demais prosseguiam impassíveis. Rígidos anciãos, aquele desfecho cruento, culminando-lhes a velhice, era um episódio somenos entre os transes da vida nos sertões. Alguns respeitosamente se desbarretavam ao passarem pelos grupos de curiosos. Destacou-se, por momentos, um octogenário, não se lhe dobrava o tronco. Marchava devagar e de quando em quando parava. Considerava por instantes a igreja e reatava a marcha; para estacar outra vez, dados alguns passos, voltar-se lançando novo olhar ao templo em ruínas e prosseguir, intermitentemente, à medida que se escoavam pelos seus dedos as contas de um rosário. Rezava. Era um crente. Aguardava talvez ainda o grande milagre prometido...

Alguns enfermos graves vinham carregados. Caídos logo aos primeiros passos, passavam, suspensos pelas pernas e pelos braços, entre quatro praças. Não gemiam, não estortegavam; lá se iam imóveis e mudos, olhos muito abertos e muito fixos, feito mortos. Aos lados, desorientadamente, procurando os pais que ali estavam entre os bandos ou lá embaixo mortos, adolescentes franzinos, chorando, clamando, correndo. Os menores vinham às costas dos soldados agarrados às grenhas despenteadas há três meses daqueles valentes que havia meia hora ainda jogavam a vida nas trincheiras e ali estavam, agora, resolvendo desastradamente, canhestras amas-secas, o problema difícil de carregar uma criança. Uma megera assustadora, bruxa rebarbativa e magra – a velha mais hedionda talvez destes sertões – a única que alevantava a cabeça espalhando sobre os espectadores, como faúlhas, olhares ameaçadores; e nervosa e agitante, ágil apesar da idade, tendo sobre as espáduas de todo despidas, emaranhados, os cabelos brancos e cheios de terra, – rompia, em andar sacudido, pelos grupos miserandos, atraindo a atenção geral. Tinha nos braços finos uma menina, neta, bisneta, tataraneta talvez. E essa criança horrorizava. A sua face esquerda fora arrancada, havia tempos, por um estilhaço de granada; de sorte que os ossos dos maxilares se destacavam alvíssimos, entre os bordos vermelhos da ferida já cicatrizada... A face direita sorria. E era apavorante aquele riso incompleto e dolorosíssimo aformoseando uma face e extinguindo-se repentinamente na outra, no vácuo de um gilvaz.

Aquela velha carregava a criação mais monstruosa da campanha. Lá se foi com o seu andar agitante, de atáxica, seguindo a extensa fila de infelizes...

Esta parara adiante, a um lado das tendas do esquadrão de cavalaria, represando entre as quatro linhas de um quadrado. Via-se, então, pela primeira vez, em globo, a população de Canudos; e, à parte as variantes impressas pelo sofrer diversamente suportado, sobressaía um traço de uniformidade rara nas linhas fisionômicas mais características. Raro um branco ou um negro puro. Um ar de família em todos delatando, iniludível, a fusão perfeita de três raças.

Predominava o pardo lídimo, misto de cafre, português e tapuia, – faces bronzeadas, cabelos corredios e duros ou anelados, troncos deselegantes; e aqui, e ali, um perfil corretíssimo recordando o elemento superior da mestiçagem. Em roda, vitoriosos, díspares e desunidos, o branco, o negro, o cafuz e o mulato proteiformes com todas as gradações da cor... Um contraste: a raça forte e íntegra abatida dentro de um quadrado de mestiços indefinidos e pusilânimes. Quebrara-a de todo a luta. Humilhava-se. Do ajuntamento miserando partiam pedidos flébeis e lamurientos, de esmola... Devoravam-na a fome e a sede de muitos dias.

* * *

    O comandante geral concedera naquele mesmo dia aos últimos rebeldes um armistício de poucas horas. Mas este só teve o efeito contraproducente de retirar do trecho combatido aqueles prisioneiros inúteis.
    Ao cair da tarde estavam desafogados os jagunços.
    Deixaram que se esgotasse a trégua. E quando lhes anunciou o termo uma intimativa severa de dois tiros de pólvora seca seguidos logo de outro, de bala rasa, estenderam sobre os sitiantes uma descarga divergente e firme.
    A noite de 2 entrou, ruidosamente, sulcada de tiroteios vivos.

Os sertões

[ATONIA DO ASSOMBRO]

Não há relatar o que houve a 3 e 4.

A luta, que viera perdendo dia a dia o caráter militar, degenerou, ao cabo, inteiramente. Foram-se os últimos traços de um formalismo inútil: deliberações de comando, movimentos combinados, distribuições de forças, os mesmos toques de cornetas, e por fim a própria hierarquia, já materialmente extinta num exército sem distintivos e sem fardas.

Sabia-se de uma coisa única: os jagunços não poderiam resistir por muitas horas. Alguns soldados se haviam abeirado do último reduto e colhido de um lance a situação dos adversários. Era incrível: numa cava quadrangular, de pouco mais de metro de fundo, ao lado da igreja nova, uns vinte lutadores, esfomeados e rotos, medonhos de ver-se, predispunham-se a um suicídio formidável. Chamou-se àquilo "hospital de sangue" dos jagunços. Era um túmulo. De feito, lá estavam, em maior número, os mortos, alguns de muitos dias já, enfileirados ao longo das quatro bordas da escavação e formando o quadrado assombroso dentro do qual uma dúzia de moribundos, vidas concentradas na última contração dos dedos nos gatilhos das espingardas, combatiam contra um exército.

E lutavam com relativa vantagem ainda.

Pelo menos fizeram parar os adversários. Destes os que mais se aproximaram lá ficaram, aumentando a trincheira sinistra de corpos esmigalhados e sangrentos. Viam-se, salpintando o acervo de cadáveres andrajosos dos jagunços, listras vermelhas de fardas e entre elas as divisas do sargento--ajudante do 39º, que lá entrara, baqueando logo. Outros tiveram igual destino. Tinham a ilusão do último recontro feliz e fácil; romperem pelos últimos casebres envolventes, caindo de chofre sobre os titãs combatidos, fulminando-os, esmagando-os...

Mas eram terríveis lances, obscuros para todo o sempre. Raro tornavam os que os faziam. Aprumavam-se sobre o fosso e sopeava-lhes o arrojo o horror de um quadro onde a realidade tangível de uma trincheira de mortos, argamassada de sangue e esvurmando pus, vencia todos os exageros da idealização mais ousada. E salteava-os a atonia do assombro...

Os sertões

BIBLIOGRAFIA DO AUTOR

CUNHA, Euclides da. *À margem da história*. São Paulo: Cultrix; Brasília: INL, 1975.

_____. *Caderneta de campo*. São Paulo: Cultrix; Brasília: INL, 1975.

_____. *Contrastes e confrontos*. São Paulo: Cultrix; Brasília: INL, 1975.

_____. *Canudos*: diário de uma expedição. Rio de Janeiro: Companhia das Letras; Minc/FBN, 2000.

_____. *Obra completa*. Rio de Janeiro: Nova Aguilar, 2009.

_____. *Os sertões*. São Paulo: Ática, 2009.

_____. *Poesia reunida*. São Paulo: Editora da Unesp, 2009.

BIBLIOGRAFIA SOBRE O AUTOR

ABREU, Modesto de. *Estilo e personalidade de Euclides da Cunha*. Rio de Janeiro: Civilização Brasileira, 1963.

AMADO, Gilberto. *Mocidade no Rio e primeira viagem à Europa*. Rio de Janeiro: José Olympio, 1956.

ANDRADE, Olímpio de Souza. *História e interpretação de "Os sertões"*. São Paulo: Edart, 1960.

ARARIPE JR., Tristão de. *Obra crítica*: 1888-1894. Rio de Janeiro: Edição da Casa de Rui Barbosa, 1960. v. II.

_____. *"Os sertões" (Campanha de Canudos), por Euclides da Cunha*. Rio de Janeiro: José Olympio, 1956.

ATHAYDE, Tristão de. *Estudos*. Rio de Janeiro: Agir, 1931. (4ª série)

BANDEIRA, Manuel. Euclides da Cunha. In: *Antologia de poetas brasileiros bissextos contemporâneos*. Rio de Janeiro: Zélio Valverde, 1946.

BARBOSA, João Alexandre. *A tradição do impasse*. São Paulo: Ática, 1974.

BERNUCCI, Leopoldo M. *A imitação dos sentidos. Prógonos, contemporâneos e epígonos de Euclides da Cunha*. São Paulo: Edusp, 1995.

BIBLIOTECA NACIONAL. *Exposição comemorativa do centenário do nascimento de Euclides da Cunha*. Rio de Janeiro: Biblioteca Nacional, 1966.

CALASANS, José. *A Guerra de Canudos na poesia popular*. Salvador: Centro de Estudos Baianos, 1989.

_____. *O ciclo folclórico do Bom Jesus Conselheiro*. Salvador: Tipografia Beneditina, 1950.

_____. *Quase biografias de jagunços:* o séquito de Antônio Conselheiro. Salvador: Centro de Estudos Baianos, 1986.

_____. *Canudos na literatura de cordel*. São Paulo: Ática, 1984.

_____. *Os ABC de Canudos*. [S.l.]: Comissão Baiana de Folclore, 1969.

COSTA, João Cruz. *Contribuição à História das ideias do Brasil*. Rio de Janeiro: José Olympio, 1956.

DANTAS, Paulo. *Euclides*: opus 66. São Paulo: Carioca, 1965.

_____. *Os sertões de Euclides e outros sertões*. São Paulo: Conselho Estadual de Cultura, 1969.

FACÓ, Rui. *Cangaceiros e fanáticos*. Rio de Janeiro: Civilização Brasileira, 1963.

FRANCO, Afonso Arinos de Melo. Reflexões sobre Euclides da Cunha. In:_____. *Homens e temas do Brasil*. Rio de Janeiro: Zélio Valverde, 1944.

_____. Uma visão de Euclides da Cunha. *Revista do Livro*, Rio de Janeiro, jan.-mar. 1968.

FREYRE, G. Euclides da Cunha: revelador da realidade brasileira. In: CUNHA, Euclides da. *Obra completa*. Rio de Janeiro: José Olympio, 1944.

_____. *Perfil de Euclides e outros perfis*. Rio de Janeiro: José Olympio, 1944.

GALVÃO, Walnice Nogueira. Ciclo de "Os sertões". In: _____. *Gatos de outro saco*: ensaios críticos. São Paulo: Brasiliense, 1981.

_____. Cronologia. In: CUNHA, Euclides da. *Los sertones*. Caracas: Avacucho, 1987.

_____. De sertões e jagunços. In: _____. *Saco de gatos*: ensaios críticos. São Paulo: Duas cidades, 1976.

_____. Euclides, elite modernizadora e enquadramento. In: _____ (Org.). *Euclides da Cunha*. São Paulo: Ática, 1984.

_____. *No calor da hora*. São Paulo: Ática, 1974.

_____. Notas. In: CUNHA, Euclides da. *Los sertones*. Caracas: Avacucho, 1987.

_____. O correspondente de guerra Euclides da Cunha. In: _____. *Saco de gatos*: ensaios críticos. São Paulo: Duas cidades, 1976.

_____. "Os sertões": uma análise literária. In: MENEZES, Eduardo Diatahy B. de; ARRUDA, João. *Canudos:* as falas e os olhares. Fortaleza: EUFC, 1995.

_____. Prólogo. In: CUNHA, Euclides da. *Los sertones*. Caracas: Avacucho, 1987.

_____. Um enigma. In: _____. *Saco de gatos*: ensaios críticos. São Paulo: Duas cidades, 1976.

_____; GALOTTI, Oswaldo. Apresentando as cartas de Euclides. *Remate de males*, Campinas, v. 13, p. 19-24, 1993.

GOMES, Eugênio. À margem de "Os sertões". In: _____. *Visões e revisões*. Rio de Janeiro: INL, 1958.

GRIECO, Agripino. *Evolução da prosa brasileira*. 2. ed. Rio de Janeiro: José Olympio, 1947.

HARDMAN, Francisco Foot. Antigos modernistas. In: NOVAES, Adauto (Org.). *Tempo e história*. São Paulo: Companhia das Letras; Secretaria Municipal da Cultura, 1992.

_____. *Brutalidade antiga*: sobre história e ruína em Euclides. *Estudos Avançados*, São Paulo, n. 26, 1996.

_____. O 1900 de Euclides e Escobar: duas crônicas esquecidas. *Remate de males*, Campinas, v. 13, p. 7-12, 1993.

_____. Pai, filho: caligrafias do afeto. *Revista USP*, São Paulo, v. 23, p. 92-101, set.-nov. 1994.

HERMANN, Jacqueline. *No reino do desejado*: a construção do sebastianismo em Portugal (séculos XVI e XVII). São Paulo: Companhia das Letras, 1998.

LIMA, Alceu Amoroso. O culto de Euclides e o ideal nacionalista. In: *Jornal de crítica*. Rio de Janeiro: O Cruzeiro, 1963. (7ª série)

_____. Paralelismo: Machado e Euclides. In: *Jornal de crítica*. Rio de Janeiro: O Cruzeiro, 1963. (7ª série)

LIMA, Luiz Costa. *Terra ignota*: a construção de "Os sertões". Rio de Janeiro: Civilização Brasileira, 1997.

LIRA, Roberto. Euclides da Cunha criminologista. *Revista do Grêmio Euclides da Cunha*, Rio de Janeiro, 1936.

LLOSA, Mario Vargas. *A guerra do fim do mundo*. Rio de Janeiro: Francisco Alves, 1981.

LUCCHESI, Marco. (Org.). Euclides da Cunha. *Tempo Brasileiro*. Rio de Janeiro, 2009.

_____. *Euclides da Cunha*: uma poética do espaço brasileiro. Rio de Janeiro: Fundação Biblioteca Nacional, 2009. (Catálogo da exposição).

_____. *Saudades do Paraíso*. Rio de Janeiro: Lacerda Editores, 1996.

MÁRAI, Sándor. *Veredicto em Canudos*. Trad. de Paulo Schiller. São Paulo: Companhia das Letras, 2002.

MARTINS, Wilson. O estilo de Euclides da Cunha. *Anhembi*, São Paulo, ano II, v.8, n. 24, nov. 1952.

MENESES, Djacir. Os sertões de Euclides da Cunha. In: _____. *Evolução do pensamento literário no Brasil*. Rio de Janeiro: Simões, 1954.

MERQUIOR, José Guilherme. *De Anchieta a Euclides:* breve história da literatura brasileira. Petrópolis: Vozes, 1977.

MEYER, Augusto. À margem de Euclides. In: _____. *Preto e branco*. Rio de Janeiro: INL, 1956.

MILLIET, Sérgio. *Diário de crítica*. São Paulo: Brasiliense, 1945.

MOISÉS, Massaud. Euclides da Cunha. In: _____. *História da literatura brasileira*. São Paulo: Cultrix, 1984.

MOURA, Clovis. *Introdução ao pensamento de Euclides da Cunha*. Rio de Janeiro: Civilização Brasileira, 1964.

NEVES, Edgard de Carvalho. *Afirmação de Euclides da Cunha*. São Paulo: Liv. Francisco Alves, 1960.

NOGUEIRA, Ataliba. *Antônio Conselheiro e Canudos*. São Paulo: Nacional, 1974.

_____. *Antonio Conselheiro e Canudos*: revisão histórica. São Paulo: Companhia Editora Nacional, 1978.

OLIVEIRA, Franklin de. *A fantasia exata*. Rio de Janeiro: Zahar Editores, 1959.

_____. *Euclides*: a espada e a letra. Rio de Janeiro: Paz e Terra, 1983.

_____. *Euclides da Cunha*. Rio de Janeiro: São José, 1959.

OTÁVIO, Rodrigo. Euclides da Cunha. In: COUTINHO, Afrânio (Dir.). *A literatura no Brasil*. Rio de Janeiro: São José, 1959. v. III, tomo I.

_____. Euclides da Cunha. In: _____. *Minhas memórias dos outros*: última série. Rio de Janeiro: José Olympio, 1936.

PICCHIO, Luciana Stegagno. Da literatura do Sertão a "Os sertões" de Euclides da Cunha. In: _____. *Literatura brasileira: das origens a 1945*. São Paulo: Martins Fontes, 1988.

PONTES, Eloy. *A vida dramática de Euclides da Cunha*. Rio de Janeiro: José Olympio, 1938.

PUTMAN, Samuel. Brazil's greatest book. A translator's introduction. In: CUNHA, Euclides da. *Revolution in the Backlands*. Chicago: University of Chicago Press, 1945.

_____. *Euclides da Cunha*. Rio de Janeiro: Casa do Estudante do Brasil, 1948.

RABELLO, Sylvio. *Euclides da Cunha*. Rio de Janeiro: Civilização Brasileira; INL, 1983.

RANGEL, Alberto. Euclides da Cunha. In: _____. *Rumos e perspectivas*. 2. ed. São Paulo: Nacional, 1934.

REGO, José Lins do. Eu não vi o sertanejo Euclides. In: _____. *Gordos e magros*. Rio de Janeiro: CEB, 1942.

SEVCENKO, Nicolau. *Literatura como missão*: tensões sociais e criação cultural na Primeira República. São Paulo: Brasiliense, 1983.

SODRÉ, Nélson Werneck. Revisão de Euclides da Cunha. *Revista do Livro*, Rio de Janeiro, n. 15, set. 1959.

SOUSA, José Galante de. *Algumas fontes para o estudo de Euclides da Cunha*. Rio de Janeiro: INL, 1959.

TOCANTINS, Leandro. *Euclides da Cunha e o paraíso perdido*. Rio de Janeiro: Record, 1968. Reed.: Rio de Janeiro: Civilização Brasileira; Brasília: INL, 1978.

VENÂNCIO FILHO, Alberto. *A glória de Euclides da Cunha*. São Paulo: Nacional, 1940.

_____. *Euclides da Cunha*. Rio de Janeiro: IBGE, 1949.

_____. *Euclides da Cunha a seus amigos*. São Paulo: Nacional, 1938.

_____. *Euclides da Cunha e a Amazônia*. Rio de Janeiro: Sociedade Brasileira de Geografia, 1949.

_____. *Francisco Venâncio Filho e o movimento euclidianista*. Rio de Janeiro, 1988. (Conferência)

_____. *Rio Branco e Euclides da Cunha*. Rio de Janeiro: Ministério das Relações Exteriores, 1946.

VENTURA, Roberto. [CARVALHO, Mario Cesar; SANTANA, José Carlos Barreto de. (Orgs.)].*Retrato interrompido da vida de Euclides da Cunha*. São Paulo: Companhia das Letras, 2003.

VIANA FILHO, Luís. *À margem d'Os sertões*. Salvador: Progresso, 1960.

VILLA, Marco Antonio. *A queda do Império*: os últimos momentos da Monarquia no Brasil. São Paulo: Ática, 1996.

_____. *Canudos*: o povo da terra. São Paulo: Ática, 1995.

BIOGRAFIA

Euclides da Cunha nasceu a vinte de fevereiro de 1866, em Santa Rita do Rio Negro, município de Cantagalo, no estado do Rio de Janeiro. Era filho de Manoel Rodrigues Pimenta da Cunha e de Maria Eudóxia Moreira da Cunha. Com a morte de sua mãe, em 1869, ficou até 1870 sob os cuidados de uma de suas tias. Começou os estudos formais em 1874, em São Fidélis, onde morou com outra tia de 1871 até 1876. Foi levado, então, para a casa dos avós paternos, na Bahia, com os quais conviveu até 1878, após o que seguiu para a Corte, onde foi morar com o tio Antonio Pimenta da Cunha. Deu continuidade aos estudos, migrando por diversas escolas. Publicou o primeiro artigo em *O Democrata*, do colégio Aquino, frequentado de 1882 até 1884. Permaneceu um ano na Escola Politécnica, transferindo-se, em 1886, para a Escola Militar. Republicano convicto, foi preso e excluído do Exército em 1888, após famoso e discutido episódio com o Ministro da Guerra. Perdoado pelo Imperador, seguiu para São Paulo, onde redigiu uma série de artigos republicanos para o jornal *O Estado de S. Paulo*.

Em 1889, voltou para a Corte. Com a Proclamação da República, foi reintegrado ao Exército e promovido a aluno-alferes. Em 1890, matriculou-se na Escola Superior de Guerra, terminando o curso de Artilharia, quando passou a segundo-tenente. Ainda naquele mesmo ano, casou-se com Ana Emília Ribeiro.

Terminados os cursos de Estado-Maior e Engenharia Militar, em 1891, diplomou-se bacharel em Matemática, Ciências Físicas e Naturais pela Escola Superior de Guerra e, em 1892, chegou a primeiro-tenente. Teve participação ativa no golpe de Floriano Peixoto, movimento que defendeu nas páginas de *O Estado de S. Paulo*.

Em 1894, ao defender os presos políticos na *Gazeta de Notícias*, foi afastado da Capital Federal, na opinião de alguns de seus biógrafos, pelo próprio Presidente da República. Euclides decidiu aprofundar suas leituras sobre o Brasil. Em 1895, em licença do Exército, que deixaria, afinal, um ano depois, transferiu-se para a fazenda paterna em Descalvado, interior de São Paulo, para trabalhar como engenheiro na Superintendência de Obras. Em 1897, seus artigos publicados em *O Estado de S. Paulo* revelam um conhecimento profundo de nosso país, fato que pesou na decisão do diretor Júlio Mesquita de o enviar a Canudos na qualidade de correspondente. Permaneceu na Bahia do início de agosto ao final de outubro, regressando à fazenda paterna, quando iniciou a redação de *Os sertões*. Mudou-se para São José do Rio Pardo para reconstruir uma ponte metálica, ali permanecendo até 1901, onde deu como encerrada sua missão e a quase totalidade de *Os sertões*. Em maio daquele ano foi transferido para São Carlos do Pinhal e, logo em seguida, para Guaratinguetá.

O lançamento de *Os sertões* ocorreu em 1902, recebido com clamoroso sucesso de público e da crítica. Viajou longamente pelo Vale do Paraíba, preparando o *Relatório sobre as ilhas do Búzios e da Vitória*. Admitido para o Instituto Histórico e Geográfico Brasileiro, em 1903, elegeu-se igualmente para a Academia Brasileira de Letras, onde tomaria posse quase três anos depois, recebido por Sílvio Romero.

Em 1904 foi ao Guarujá para tomar parte da Comissão de Saneamento de Santos. Publicou o livro *Contrastes e confrontos*. No ano seguinte, a serviço do Itamaraty, seguiu para a Amazônia, como chefe da Comissão de Reconhecimento do Alto Purus. Tornou-se adido do gabinete do Barão do Rio Branco, em 1906, ocasião em que publicou o *Relatório sobre o Alto Purus*. No ano seguinte, reuniu seus artigos do *Jornal do Comércio* para formar o livro *Peru versus Bolívia*.

Em 1909 foi aprovado para a cadeira de Lógica do colégio Pedro II, após controversa discussão. Em 15 de agosto daquele ano, morreu em circunstâncias dramáticas, deixando no prelo o livro *À margem da história*.

BIOGRAFIA DO SELECIONADOR

Marco Lucchesi, professor da UFRJ e da Fiocruz. Publicou, entre outros livros, *Ficções de um gabinete ocidental* (Prêmio Ars Latina de Ensaio), *Meridiano celeste & bestiário* (Prêmio Alphonsus de Guimarães, finalista do Prêmio Jabuti), *A memória de Ulisses* (Prêmio UBE), *Sphera* (Menção Honrosa do Prêmio Jabuti, Prêmio UBE de Poesia), *Poemas reunidos* (finalista do Prêmio Jabuti), *Os olhos do deserto, Saudades do paraíso, Teatro alquímico* (Prêmio Eduardo Frieiro), *Bizâncio* (finalista do Prêmio Jabuti). Traduziu, entre outros, *A Ilha do dia anterior* (finalista do Prêmio Jabuti) e *Baudolino* (finalista do Prêmio Jabuti), de Umberto Eco, *A ciência nova*, de Vico (Prêmio União Latina), *A sombra do Amado:* poemas de Rûmî (Prêmio Jabuti), e os "Versos de Iúri Jivago", do romance de Pasternak. Recebeu o Prêmio Alceu Amoroso Lima: Poesia e Liberdade, pelo conjunto da obra poética, o Premio Nazionale do Ministero dei Beni Culturali da Itália, o Prêmio Marin Sorescu, na Romênia e o Mérito da União Brasileira de Escritores.

ÍNDICE

Apresentação 7
Em viagem (Folhetim) 10
Críticos 12
Heróis de ontem 17
Notas de leitura 20
A dinamite 22
[Fragmentos] 25
[Curanjá] 27
A pátria e a dinastia 29
Revolucionários 33
Da corte 37
Homens de hoje 41
O ex-Imperador 47
Sejamos francos 49
Divagando 52
Da penumbra 67
Dia a dia 74
Judas-Ahsverus 120
Estrelas indecifráveis 128
[A vaquejada] 131
[A arribada] 133

[Estouro da boiada] 135
[Danças e violas] 137
[Rimas] 138
[O flagelo da seca] 140
[*Pedra Bonita*] 143
[Monte Santo] 145
[Antônio Conselheiro] 148
[A história repete-se] 151
[Misticismo comprimido] 153
[Foi um milagre] 155
[Retirada] 156
[Jagunços] 161
[Fortaleza monstruosa] 162
[Arsenais ativos] 164
[Explosivos] 165
[Munição] 166
[Lutadores] 167
[Santuário] 168
[A última curva da estrada] 169
[Primeiros erros] 171
[Pitombas] 173
[Repelão valente] 174
[Gente desarmada] 176
[Adversários em fuga] 177
[Arrancada louca] 179
[Da favela] 180
[Do alto do Mário] 181
[Troar da artilharia] 183
[Vulto impassível] 184
[Ação simultânea] 186

[Ordem oblíqua] 187
[Cidadela] 189
[Praças e oficiais] 191
[Jagunços à porta] 193
[Labirinto] 194
[Pancadas do sino] 196
[Moreira César] 199
[Recuo] 201
[Primeira nota da Ave-Maria] 203
[Acampamento em desordem] 204
[O coronel tamarindo] 206
[Cólera e angústia] 208
[Morte de Moreira César] 209
[O último empuxo] 211
[Vaia] 212
[Debandada] 213
[Velho sino] 214
[Jornada perdida] 215
[Episódios sombrios] 216
[A falta do apóstolo] 218
[O beatinho] 221
[Morte de Conselheiro] 222
[Prisioneiros] 224
[Atonia do assombro] 229

Bibliografia do autor 231
Bibliografia sobre o autor 232
Biografia 240
Biografia do selecionador 243

Impresso por :

Graphium
gráfica e editora

Tel.:11 2769-9056